KB252558

향수

밀란 쿤데라 전집

10 L'ignorance

Milan Kundera

밀란 쿤데라 박성창 옮김

향수

민음사

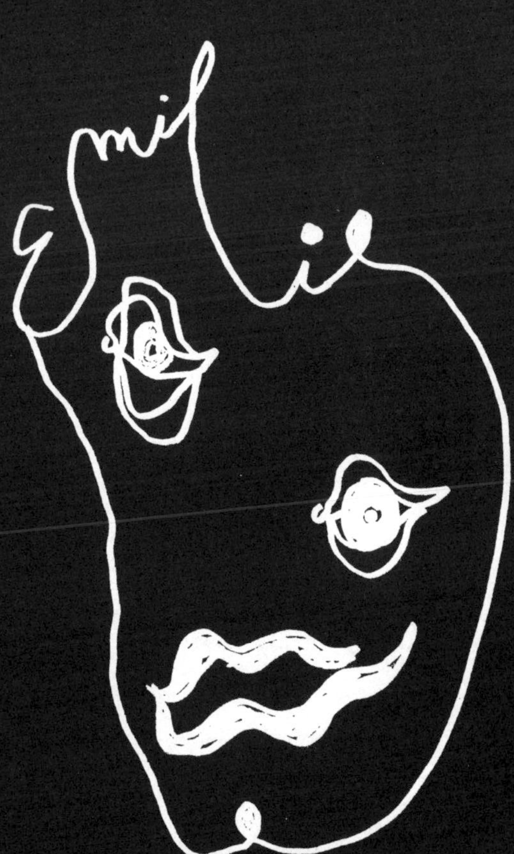

L'IGNORANCE

by Milan Kundera

1

"아직도 여기서 뭘 하는 거니!" 그녀의 목소리는 사납지 않았지만 부드럽지도 않았다. 실비는 화를 내고 있었다.

"그러면 내가 어디에 있어야 하니?" 이레나가 물었다.

"네 나라에!"

"여기가 더 이상 내 나라가 아니라는 뜻이니?"

물론 그녀를 프랑스에서 쫓아내거나 그녀로 하여금 자신이 달갑지 않은 이방인이라는 생각을 하게 하려고 한 말은 아니었다. "내가 말하려는 게 무슨 뜻인지 너도 알잖아!"

"그래, 알아, 하지만 여기에 내 직장과 아파트 그리고 자식들이 있다는 걸 잊었니?"

"이봐, 나는 구스타프를 잘 알아. 그는 네가 네 나라에 돌아갈 수 있도록 모든 노력을 기울일 거야. 그리고 네 딸들 때문에 못 간다니, 농담하지 마! 걔들에겐 이미 자기네 인생이 있

어! 이레나, 너희 나라에서 일어나는 일은 너무나 매혹적이
야! 그런 상황에서는 일이 잘 풀리는 법이야.”

“하지만 실비! 결국은 직장이나 아파트 같은 실생활이 제일
중요해. 나는 이십 년 전부터 여기에 살았어. 내 삶은 여기에
있다고!”

“너희 나라에서는 혁명이 일어나고 있어!” 그녀는 언쟁을
참지 못하겠다는 어조로 말했다. 그러고는 입을 다물었다. 그
녀는 이러한 침묵을 통해, 큰일이 일어나고 있을 때는 자리를
비우지 말아야 한다는 점을 이레나에게 알려 주고 싶었다.

“그렇지만 내가 내 나라로 돌아가면 우리는 앞으로 만나지
못할 거야.”라고 이레나는 친구를 곤경에 몰아넣기 위해 말
했다.

이러한 감정적 선동은 실패로 돌아갔다. 실비의 목소리가
따뜻해졌다. “얘, 꼭 너를 보러 갈게! 약속해, 약속한다니까!”

그들은 오래전부터 비어 있는 두 개의 커피잔을 두고 나란
히 앉아 있었다. 이레나는 실비의 눈에서 감동의 눈물을 보았
고, 실비는 그녀에게 몸을 기울여 손을 잡았다. “너의 위대한
귀환이 될 거야.” 그러고는 다시 한 번 “너의 위대한 귀환.”이
라고 말했다.

이 표현은 되풀이되면서 너무나 강해져서, 이레나는 마음
속에서 그것이 커다랗게 쓰이는 것을 보는 것 같았다. 위. 대.
한. 귀. 환. 그녀는 더 이상 딱 잘라 거절하지 않았다. 갑자기
오래전의 독서나 영화, 그리고 그녀 자신의 기억 또는 조상의
기억으로부터 떠오른 영상에 사로잡혔기 때문이다. 늙어 버

린 엄마를 다시 찾은 실종된 아들, 냉혹한 운명이 갈라놓은 애
인에게 되돌아온 남자, 각자가 마음속에 지니고 있는 고향집,
유년의 잃어버린 발자국들이 새겨져 있는 다시 발견된 오솔
길, 몇 년간의 방랑 끝에 그의 섬으로 돌아온 오디세우스. 귀
환, 귀환, 귀환의 위대한 마술.

2

그리스어로 귀환은 '노스토스(nostos)'다. 그리스어로 '알고스(algos)'는 괴로움을 뜻한다. 노스토스와 알고스의 합성어인 '노스탈지' 즉 향수란, 돌아가고자 하는 채워지지 않는 욕구에서 비롯된 괴로움이다. 이러한 근본적인 개념을 나타내기 위해 대다수 유럽인들은 그리스어에 기원을 둔 단어(프랑스어의 '노스탈지(nostalgie)', 이탈리아어의 '노스탈지아(nostalgia)')나 민족어에 기원을 둔 다른 단어들(에스파냐어의 '아뇨란자(añoranza)'나 포르투갈어의 '사우다데(saudade)' 등)을 쓴다. 각 언어에서 이 말들은 서로 다른 느낌을 지닌다. 대개 이 말들은 고향에 돌아갈 수 없기 때문에 생긴 슬픔만을 의미할 뿐이다. 향수병. 고향병. 영어의 '홈식니스(homesickness)'나 독일어의 '하임베(Heimweh)' 또는 네덜란드어의 '하임베(heimwee)'는 모두 고향에 대한 향수로 생긴 병을 뜻한다. 그러나 이들은 거대한 개념의 공간적 축소에 지나지 않는다. 가장 오래된 유럽어들 가운데 하나인 아이슬란드어는 두 용어를 구분한다. 일반적인 의미에서 향수를 뜻하는 말은 '쇠크누두르(söknudur)'고 향수병을 뜻하는 말은 '하임프라(heimfra)'다. 체코인들도 그리스어에서 취한 '노스탈지(nostalgie)'란 단어 외에 '스테스크(stesk)'라는 그들만의 명사와 동사를 쓴다. 체코어로 표현된 가장 감동적인 사랑의 문장은 '나는 너에 대한 향수를 갖고 있다.'인데, 이는 '나는 너의 부재로 인한 고통을 견딜 수 없다.'라는 뜻이다. 에스파냐어로 '아뇨란자'는 '아뇨라르(añorar)'라는 동사(향수를 갖고 있다.)에서 파생되었는데, 이는 라틴어 '이그노나레(ignonare, 무지하다)'에서 파생된 카탈루냐어 '에뇨라르(enyorar)'에서 유래되었다. 이렇듯 어원상으로 볼 때 향수는 무지의 상태에서 비롯된 고통으로 나타난다. 너는 멀리 떨어져 있고 나는 네가 어찌 되었는가를 알지 못하는 데서 생겨난 고통, 내 나라는 멀리 떨어져 있고 나는 거기서 무슨 일이 일어나는지 알지 못하는 고통 말이다. 몇몇 언어들은 이러한 향수를 표현하는 데 어려움을 느낀다. 프랑스인들은 그리스어에 기원을 둔 명사로만 이 개념을 표현할 수 있으며 동사가 따로 없다. 그들은 '네가 없어 나는 쓸쓸하다.'라고 말할 수 있지만 이 경우 '~이 없어 쓸쓸하다.'라는 표현은 미약하고 차가우며, 여하튼 이렇게 심각한 감정을 표현하기에는 너무나도 가볍다. 독일인들은 '노스탈지'라는 말을 그리스어 형태로는 거의 쓰지 않고, 대신 '부재하는 것에 대한 욕망'을 뜻하는 '제엔주흐트(Sehnsucht)'라는 단어를 사용한다. 그러나

이 단어는 존재했던 것뿐 아니라 결코 존재하지 않았던 것(새로운 모험)도 가리킬 수 있기 때문에, 반드시 '노스토스'라는 개념을 포함하는 것은 아니다. 그렇기 때문에 이 단어에 귀환의 강박 관념을 포함하기 위해서는 보어를 덧붙여야만 한다. 과거나 잃어버린 유년기 또는 첫사랑에 대한 욕망.

향수를 다룬 최초의 서사시인 『오디세이아』가 태어난 것은 고대 그리스 문화의 여명기였다. 다음과 같은 사실을 강조해 두자. 모든 시대를 통틀어 가장 위대한 모험가인 오디세우스는 가장 위대한 향수병자이기도 했다. 그는 (원치 않게) 트로이 전쟁에 참여해서 그곳에 십 년간 머물렀다. 서둘러 그의 고향 이타카로 되돌아오려고 했지만 신들의 음모로 방랑의 세월을 연장할 수밖에 없었다. 가장 기이한 사건들로 가득한 삼 년을 보내고 또 그에게 반해 섬에서 떠나 보내지 않았던 요정 칼립소에게 사랑의 볼모로 잡혀 또 칠 년이라는 세월을 보냈다.

『오디세이아』의 5권 끝부분에서 오디세우스는 그녀에게 이렇게 말한다. "페넬로페가 비록 정숙하기는 하지만 너와 비교하면 위대하지도 아름답지도 않다는 것을 나도 알아……. 하지만 내가 매일 비는 유일한 소원은 그곳으로 되돌아가서 내 집에서 귀향의 날을 맞이하는 것이지!" 호메로스는 계속 써내려 간다. "오디세우스가 말하자 해가 졌다. 석양이 찾아왔다. 그들은 서로의 팔에 안겨 둥근 천장 아래, 동굴 깊숙이 사랑을 나누러 갔다."

이레나가 오랫동안 겪어 왔던 가련한 망명자의 삶만큼 이에 비견할 만한 것도 없다. 오디세우스는 칼립소에게서 진정한 '돌체 비타' 즉 안락한 삶, 기쁨으로 충만한 삶을 얻었다. 그러나 타지에서의 안락한 삶과 집으로의 귀환 사이에서 그는 귀환을 택했다. 미지의 것에 대한 열정적인 탐험(모험) 대신에 그는 익숙한 것에의 예찬(귀환)을 택했다. 무한(왜냐하면 흔히 모험은 결코 끝나지 않는다고 여겨지므로) 대신에 종말(왜냐하면 귀환은 삶의 유한성과의 타협이므로)을 택했다.

파이아케스족 선원들은 잠든 그를 깨우지 않고 이타카 해변 올리브나무 아래 내려놓고 떠났다. 이것이 여행의 마지막이었다. 그는 기진맥진해서 자고 있었다. 깨어났을 때 그는 자신이 어디에 있는지 알지 못했다. 이윽고 아테나 여신이 그의 눈에 낀 안개를 거두어 주자 곧 도취의 광경이 나타났다. 위대한 귀환의 도취, 익숙한 것의 황홀함. 음악이 하늘과 땅 사이 공기를 진동하게 했다. 그는 어린 시절부터 알고 있었던 정박지와 그 위로 불쑥 튀어나온 두 산을 보았으며 이십 년 전 모습 그대로인지를 확인해 보기 위해 오래된 올리브나무를 쓰다듬었다.

아닐드 쇤베르크가 미국에 머문 지 십사 년째 되던 1950년에 어느 미국 기자가 그에게 순진함을 가장한 질문을 했다. 망명이 예술가들에게서 창조력을 앗아 가는 게 사실인가요? 조국이라는 뿌리가 영양분을 공급하지 못하는 순간부터 그들의 영감이 메마른다는 것도 사실인가요?

상상해 보라! 유대인 대학살이 있은 지 오 년밖에 안 되는 시점에서! 이 미국 기자는 끔찍한 학살이 일어났던 이 땅덩이에 대한 그의 애정 결핍을 용서하지 않았다! 그러나 어쩔 도리가 없었다. 호메로스는 월계관으로 향수(鄕愁)를 찬양하고 감정들의 위계 가운데 가장 높은 곳에 두었다. 페넬로페는 칼립소보다 훨씬 위, 그 정상을 차지하고 있다.

칼립소, 아 칼립소! 나는 자주 그녀를 생각한다. 그녀는 오디세우스를 사랑했다. 그들은 칠 년 동안 함께 살았다. 오디세우스가 얼마 동안이나 페넬로페와 동침했는지는 알려지지 않았지만 틀림없이 그렇게 오랜 시간은 아니었을 것이다. 그런데도 사람들은 페넬로페의 고통을 찬양하고 칼립소의 눈물은 비웃는다.

3

중요한 사건들이 마치 도끼질처럼 유럽의 20세기에 깊은 자국들을 남긴다. 1914년의 1차 대전, 2차 대전 그리고 1989년 공산주의의 몰락과 더불어 끝나는, 이른바 냉전이라 불리는 가장 길었던 3차 대전. 유럽 전체에 관련된 이 중요한 사건 외에도 보다 덜 중요한 사건들이 개별 국가들의 운명을 결정짓는다. 에스파냐 내전이 일어난 1936년, 소련의 헝가리 침공이 있었던 1956년, 유고슬라비아인들이 스탈린에 항거하여 반란을 일으켰던 1948년과 유고슬라비아인들이 서로를 죽이기 시작했던 1991년. 스칸디나비아인들과 네덜란드인들 그리고 영국인들은 1945년 이후로 어떤 중요한 사건도 겪지 않는 특권을 누린 덕분에 반세기 동안 기분 좋게 무풍 지대에서 살 수 있었다.

이 세기에 체코인들의 역사는 20이라는 숫자가 세 번 반복

되는 뛰어난 수학적 아름다움을 과시한다. 1918년 그들은 수 세기에 걸친 노력 끝에 독립 국가를 쟁취했으나 1938년에 이를 상실했다.

1948년에는 모스크바에서 들여온 공산주의 혁명이 두 번째 이십 년이라는 기간의 서두를 공포 정치로 장식했으며, 이 기간은 그 무례한 해방을 보고 격분한 러시아인들이 오십 만 군인들과 함께 이 나라를 침공했던 1968년에 끝난다.

점령 세력은 1969년 가을에 강제로 진주해서 1989년 가을에 유럽 모든 공산주의 체제가 그러했듯이 아무도 예기치 못한 상태에서, 부드럽고 예의 바르게 물러났다. 이것이 세 번째 이십 년이다.

역사적 사건들이 우리 각자의 삶을 그토록 탐욕스럽게 지배했던 것이 20세기 특유의 현상이다. 이러한 사건들을 분석하지 않고서는 프랑스에서 이레나의 실존을 이해하기란 불가능하다. 1950년대, 1960년대에 공산주의 국가에서 온 망명객들은 프랑스에서 별로 환영받지 못했다. 그 당시 프랑스인들은 파시즘만을 단 하나의 진정한 악으로 간주했다. 히틀러, 무솔리니, 프랑코의 에스파냐, 라틴 아메리카의 독재. 그들은 점차적으로, 즉 1960년대 말이나 1970년대가 되어서야 공산주의를 한 단계 밑의 악, 제2의 악으로나마 간주하기로 했다. 이레나와 그의 남편이 프랑스로 망명한 것은 바로 이 시기, 즉 1969년이었다. 제1의 악과 비교해 볼 때 자신들의 나라에 닥친 불행은 그들의 친구들에게 깊은 인상을 심어 줄 만큼 처참하지 않다는 것을 그들은 재빨리 알아차렸다. 그리고 그들은 이를 해명하기 위해 이렇게 말하곤 했다.

"파시스트 독재는 제아무리 끔찍하다 하더라도 그 독재자와 더불어 사라지게 되어 있으므로 사람들은 희망을 간직할 수 있다. 반면에 거대한 러시아 문명에 기대고 있는 공산주의는 폴란드나 헝가리(에스토니아는 말도 꺼내지 말자!)에게는 끝없는 터널이다. 독재자들은 사라지게 되어 있지만 러시아는 영원하다. 우리가 떠나온 나라의 불행에는 전혀 희망이 없다."

그들은 자신들의 생각을 이렇듯 충실히 표현했으며 이레나는 이를 뒷받침하기 위해 당대의 체코 시인 얀 스카셀의 시구를 인용했다. 그 시인은 자신을 둘러싼 슬픔에 대해 이렇게 이야기한다. 그는 이 슬픔을 들어 올려 멀리 끌고가서는 슬픔으로 집을 짓고 삼백 년 동안 그 속에 갇혀 있고자 한다. 삼백 년 동안 아무에게도 문을 열어 주지 않고서!

삼백 년이라고? 스카셀은 이 시를 1970년대에 쓰고는 1989년 10월, 즉 그의 눈앞에 펼쳐진 이삼백 년간의 슬픔이 단 며칠 만에 사라져 버리기 바로 한 달 전에 죽었다. 사람들은 프라하의 거리를 가득 메웠으며 치켜든 손에 쥐고 있던 열쇠 꾸러미들은 새로운 시대의 도래를 큰 소리로 알렸다.

스카셀이 삼백 년이라고 말한 것은 틀렸을까? 물론 그렇다. 모든 예측들은 틀리게 마련이며 그것은 인간에게 주어진 몇 안 되는 확실성 가운데 하나다. 그러나 이러한 예측들은 미래에 대해서는 틀렸지만 그것을 말한 사람들에 대해서는 진실을 담고 있으며, 그들이 지금 현재 어떻게 살고 있는가를 이해하기 위한 가장 좋은 열쇠다.

내가 첫 번째 이십 년이라고 부른 기간(1918년과 1938년 사이) 동안, 체코인들은 그들이 세운 공화국이 영원히 지속되리라고 생각했다. 그들은 결국 틀렸지만 바로 그렇기 때문에 그들은 고유의 예술을 유례없이 꽃피우는 환희 속에서 이 시기를 보냈다.

소련 침공 이후로 공산주의가 곧 사라지리라고는 결코 생각하지 못했기에 그들은 또다시 끝없는 무한함 속에 살고 있다고 생각했다. 그들의 힘을 소진하고 용기를 억누르며 이 세 번째 이십 년을 그토록 비열하고 비참하게 만들었던 것은 현실적인 삶의 고통이 아니라 텅 빈 미래에서 오는 공허감이었다.

자신의 12음계 미학이 음악사에 머나먼 지평을 열었다고 확신한 아널드 쇤베르크는 1921년에 자기 덕분에 독일 음악(빈 출신인 그는 '오스트리아' 음악이라고 하지 않고 '독일' 음악이라고 말했다.)의 지배(그는 '영광'이라고 하지 않고 '지배'라고 말했다.)가 향후 백 년 동안(나는 그의 말을 정확하게 인용하는바 그는 '백년'이라고 말했다.) 지속될 것이 확실하다고 선언했다. 이러한 예언이 있은 지 십오 년 후인 1936년에 그는 유대인이라는 이유로 독일(그가 '지배'를 보장해 주고자 했던 바로 그 독일 말이다.)에서 추방당했으며 그와 함께 그의 12음계 미학도 추방당했다.(난해하고 엘리트적이며 코즈모폴리턴적이고 독일 정신에 적대적이라고 비난받았다.)

쇤베르크의 진단이 아무리 틀렸다고 하더라도, 쇤베르크의 작품을 파괴적이고 신비적이고 개인주의적이거나 또는 난해하고 추상적인 것이 아니라 '독일적 토양'(맞다, 그는 '독일적 토양'에 대해 말했다.)에 깊숙이 뿌리 박은 것으로 이해하고자 하는 사람에게는 이러한 빗나간 진단이 반드시 필요한 것이다. 쇤베르크는 자신이 위대한 유럽 음악사의 매혹적인 에필로그(나는 그의 작품을 이런 식으로 이해하는 쪽이다.)가 아니라, 그 앞에 영원히 펼쳐진 영광스러운 미래의 프롤로그를 쓰고 있다고 생각했다.

4

　망명한 지 몇 주가 지나지 않아서부터 이레나는 이상한 꿈을 꿨다. 그녀가 타고 있던 비행기가 갑자기 방향을 바꾸더니 낯선 공항에 착륙한다. 제복을 입고 무장한 사람들이 트랩 밑에서 그녀를 기다리고 있다. 얼굴에 식은땀을 흘리며 그녀는 그들이 체코 경찰임을 알아본다. 또 한 번은 꿈속에서 프랑스의 어느 소도시를 산책하고 있는데, 한 무리 여자들이 손에 맥주잔을 들고 그녀에게 달려와서 체코어로 말을 걸고 다정하게 굴며 웃음 지었다. 공포에 사로잡힌 이레나는 자신이 프라하에 있다는 것을 깨닫고 소리치다가 잠에서 깨어난다.

　그녀의 남편 마르틴도 같은 꿈을 꾸었다. 매일 아침 그들은 조국으로 돌아가는 두려움에 대해 서로 이야기했다. 그리고 역시 망명해 온 폴란드 여자 친구와 대화를 나누면서 이레나는 모든 망명객들은 모두 다, 예외 없이 이런 꿈을 꾼다는 것을 알게 되었다. 그녀는 처음에 서로 모르는 사람들끼리의 이러한 밤의 유대감에 감동했지만 나중에는 약간 신경질이 났다. 어떻게 꿈과 같은 내밀한 경험이 집단적으로 이루어질 수 있단 말인가? 그녀만의 영혼이란 도대체 무엇인가? 그러나 아무리 물어도 대답 없는 질문들일 뿐이었다. 한 가지만은 확실했다. 수천 망명객들이 같은 날 밤에 똑같은 꿈을 꾸었다. 망명의 꿈, 이것은 20세기 후반의 가장 이상한 현상들 가운데 하나다.

이러한 악몽들이 그녀에게 불가사의하게 비친 까닭은, 그녀가 한편으로는 억누를 수 없는 향수병에 시달리고 있었기 때문에, 정반대인 또 다른 경험을 하고 있었기 때문이다. 조국의 풍경들이 낮만 되면 그녀에게 떠오르는 것이었다. 물론, 그것은 길고 의식적이며 자의적인 몽상과는 완전히 다르다. 풍경의 환영들은 그녀의 머릿속에 느닷없이, 갑자기, 빠르게 떠올랐다가 곧 사라져 버렸다. 상사와 이야기하고 있는 도중에 그녀는 갑자기 섬광처럼 들판으로 난 길을 보았다. 전철 칸에서 떠밀리고 있는데 갑자기 프라하의 녹지대에 있는 조그만 길이 아주 잠시 동안 그녀 앞에 펼쳐졌다. 이 순간적인 영상들이 하루 종일 그녀를 찾아와서 잃어버린 보헤미아에 대한 결핍을 채워 줬다.

낮이 되면 그녀에게 고향의 편린들을 마치 행복의 이미지처럼 보내 주었던 바로 그 무의식이라는 영화 감독은 밤만 되면 그곳으로의 끔찍한 귀환을 만들어 냈다. 낮은 버림받은 조국의 아름다움으로 빛났으며 밤은 그곳으로 돌아간다는 두려

움으로 빛났다. 낮은 그녀에게 자신이 잃어버렸던 낙원을 보
여 주었으며 밤은 자신이 도망쳐 나온 지옥을 보여 주었다.

5

프랑스 대혁명의 전통에 충실했던 공산주의 국가들은 망명을 가장 추악한 배반으로 간주하고 맹렬히 비난했다. 외국에 머물고 있는 사람들은 모두 결석 재판을 받았으며 같은 나라 사람들은 감히 그들과 접촉하려 하지 않았다. 그러나 시간이 지남에 따라 파문의 엄격함도 완화되었고 1989년이 되기 몇 년 전에, 유순한 연금 생활자이자 과부가 된 이레나의 엄마는 국립 여행사 주관으로 이탈리아에서 일주일을 보낼 수 있는 비자를 얻었다. 그 이듬해 그녀는 딸을 몰래 보기 위해 파리에서 닷새간 머무르기로 했다. 이레나는 가슴이 설레었으며, 이제는 늙었을 엄마에 대한 연민으로 가득 차서 엄마가 묵을 호텔 방을 예약하고 온종일 함께 보내기 위해 휴가의 일부를 할애했다.

"너는 그리 나빠 보이지 않는구나." 상봉했을 때 엄마가 했던 말이다. 그리고 웃으면서 덧붙였다. "나도 그렇단다. 국경 수비대 경찰이 내 여권을 보더니 이렇게 말하지 않겠니. '부인, 위조 여권입니다! 여기 적힌 건 당신 생년월일이 아닙니다!'" 갑자기 이레나는 늘 알고 있었던 엄마의 모습을 다시 발견하고, 근 이십 년이 지났는데도 엄마는 전혀 변하지 않았다는 인상을 받았다. 늙어 버린 엄마에 대한 연민은 증발해 버렸다. 딸과 엄마는 시간을 벗어난 두 존재들, 시간을 초월한 두 본질들처럼 서로 마주보고 있었다.

그러나 십칠 년이 지나서 딸을 보러 온 엄마의 존재를 달갑지 않게 여긴다면 딸의 입장에서 볼 때 너무 나쁜 일이 아닌가? 이레나는 착한 딸로 처신하기 위해 그녀의 이성과 도덕심을 총동원했다. 그녀는 엄마를 모시고 에펠 탑 이 층에 있는 식당으로 저녁 식사를 하러 갔다. 그녀는 센 강에서 바라본 파리의 모습을 보여 주려고 유람선을 탔다. 엄마가 미술 전람회를 보고 싶어 해서 피카소 미술관에 데려가기도 했다. 두 번째 전시실 앞에서 엄마는 멈추어 섰다. "화가 친구가 하나 있는데 그녀가 그림 두 점을 선물로 줬지. 그게 얼마나 아름다운지 너는 상상도 못 할 거야!" 세 번째 전시실에서 그녀는 인상주의 화가들을 보고 싶어 했다. "죄드폼 미술관에서는 상설 전시를 해." "이제는 그렇지 않아. 인상주의 화가들은 이제 죄드폼 미술관에는 없어." 이레나가 말했다. "아니야, 아니야. 죄드폼에 있다니까. 내가 알아. 그리고 반 고흐를 보지 않고서는 파리를 떠나지 않을 거야."라고 엄마는 말했다. 반 고흐의 부재를 보상하기 위해 이레나는 엄마를 로댕 미술관에 데려갔다. 어느 조각상 앞에 서서 엄마는 꿈꾸듯 탄식하며 말했다. "피렌체에서는 미켈란젤로의 다비드 상을 보았지! 나는 아무 말도 할 수 없었다니까!" 마침내 이레나는 화를 내며 말했다. "엄마는 지금 나와 함께 파리에 있고 나는 엄마한테 로댕, 로댕을 보여 주고 있어! 로댕 말이야! 로댕을 지금까지 본 적도 없으면서 왜 로댕 앞에서 미켈란젤로를 생각해?"

그 질문은 정확했다. 왜 십몇 년 만에 딸과 재회한 엄마는 딸이 자신에게 보여 주고 말해 주는 것에는 관심을 갖지 않는 것일까? 체코 관광객들과 함께 보았던 미켈란젤로가 로댕보다 그녀를 사로잡은 이유는 무엇일까? 그리고 왜 그녀는 파리에 머무는 이 닷새 동안 그녀에게 아무런 질문도 하지 않는 걸까? 그녀의 삶에 대해 어떤 질문도 하지 않았을뿐더러 프랑스나 프랑스의 요리, 문학, 치즈, 포도주, 정치, 연극, 영화, 자동차, 피아니스트, 첼리스트, 운동선수 들에 대해서도 아무런 질문을 하지 않은 이유는 무엇일까?

그 대신 그녀는 프라하에서 일어난 일과 이레나의 이복동생(얼마 전에 죽은 두 번째 남편과의 사이에서 얻은)과 이레나가 기억하는 다른 사람들과 이름을 들어 본 적 없는 사람들에 대해 끊임없이 이야기했다. 그녀는 두세 번 프랑스에서의 자기 삶에 대해 말해 보려고 했으나 엄마의 빈틈 없는 말의 장벽을 넘지 못했다.

어렸을 때부터 항상 이런 식이었다. 엄마는 아들은 마치 계집애처럼 부드럽게 키웠지만 딸에 대해서는 스파르타식이었다. 나는 그녀가 이레나를 사랑하지 않았다고 말하려는 것인가? 아마도 그녀가 경멸했던 첫 번째 남편인 이레나의 아버지 때문에? 이런 조악한 심리학은 경계하자. 그녀의 행동은 최선의 의도에서 나온 것이었다. 힘과 건강이 넘쳤던 그녀는 자신의 딸에게 활기가 부족한 것을 걱정했다. 마치 소심한 자식을 수영장에 집어 던져 수영하는 법을 가르쳐 주는 것이 최상의 방법이라고 확신하는 아버지처럼 그녀는 거친 방식으로 딸을 예민한 감수성으로부터 벗어나게 해 주고 싶었다.

그러나 자신이 있기에 딸이 몹시 거북해한다는 것을 그녀도 잘 알고 있었으며 나는 그녀가 자신의 신체적 우월감 때문에 은밀한 기쁨을 느꼈다는 점을 부정하지 않겠다. 그렇다면? 그녀는 어떻게 해야 했는가? 모성애의 이름으로 사라져 버리는 것? 그녀도 어쩔 수 없이 나이를 먹었지만 이레나의 반응 속에 나타나는 자신의 힘을 의식하고는 다시 젊어지는 것을 느꼈다. 겁에 질려 왜소해진 이레나의 모습을 가까이서 보면서 그녀는 자신이 위압적인 우월감을 누리는 순간들을 가능한 한 연장했다. 그녀는 이레나의 연약함을 무관심, 나태함, 무기력 탓으로 돌리는 척하면서 그녀를 꾸짖었다.

오래전부터 이레나는 엄마와 함께 있으면 엄마보다 덜 예쁘고 덜 똑똑하다고 느꼈다. 자신은 못생기지 않았으며 바보 같지도 않다는 것을 확인하기 위해 얼마나 많이 거울을 향해 달려갔던가……. 아, 이 모든 것은 이제 너무도 먼 과거의 일이어서 거의 잊혀 버렸다. 하지만 엄마가 파리에 머물던 닷새 동안 이러한 열등감, 연약함, 종속감이 또다시 그녀를 찾아왔다.

6

엄마가 떠나기 전날 이레나는 자신의 스웨덴 애인인 구스타프를 소개했다. 그들은 식당에서 함께 저녁을 먹었는데 프랑스어는 한마디도 못 했던 엄마는 용감하게 영어를 구사했다. 구스타프는 그것이 즐거웠다. 애인과는 프랑스어로만 얘기하던 그는 뽐내기만 하고 별로 실용적이지 못한 이 언어에 싫증을 느끼고 있었기 때문이다. 그날 저녁 이레나는 별로 말을 하지 않았다. 그녀는 타인에게 관심을 갖는, 예기치 않은 능력을 보여 준 엄마를 놀라서 지켜보았다. 잘못 발음된 서른 개의 영어 단어들과 더불어 그녀는 구스타프의 생활과 그의 회사, 그의 의견들에 대한 질문들로 그를 꼼짝 못 하게 하면서 깊은 인상을 주었다.

이튿날 엄마는 떠났다. 공항에서 꼭대기 층에 있는 자신의 아파트로 돌아온 이레나는 되찾은 고요함 속에서 고독의 자유를 맛보기 위해 창가로 갔다. 지붕들과 제멋대로 생긴 굴뚝들, 오래전부터 체코 정원들의 푸르름을 대신했던 파리의 숲을 오랫동안 쳐다보면서 그녀는 이 도시에서 얼마나 행복한가를 깨달았다. 그녀는 언제나 자신의 망명이 명백히 불행이라고 생각했다. 이 순간 그녀는 반문해 본다. 그것은 차라리 불행의 환상, 모든 사람들이 망명객을 생각하는 방식 탓에 생겨난 환상이 아니었을까? 그녀는 타인들이 자신의 손에 쥐여준 사용 설명서에 따라 자신의 삶을 읽지는 않았던가? 그리고 그녀는 자신의 망명이 비록 자신의 뜻과는 상관없이 강요된 것이라고 하더라도 자신도 모르는 삶의 최상의 출구였다고 생각한다. 그녀의 자유를 침해했던 역사의 가혹한 힘이 그녀를 자유롭게 했다.

그러므로 구스타프가 몇 주 후에 그녀에게 좋은 소식을 알렸을 때 그녀는 약간 당황했다. 그가 회사에다 프라하에 사무소를 열자고 제안했다는 것이다. 공산주의 국가는 상업적으로 그렇게 매력적이지 않기 때문에 규모가 작은 사무소겠지만 틈나는 대로 그곳에 머무를 기회가 생길 것이라고 했다.

"당신 도시와 관계를 맺게 되어서 기뻐." 그가 말했다.

그녀는 기뻐하는 대신 막연한 위협 같은 것을 느꼈다.

"나의 도시라고? 프라하는 더 이상 내 도시가 아니야." 그녀가 대답했다.

"뭐라고!" 그가 화를 냈다.

그녀는 자신의 생각을 결코 그에게 숨기지 않았으므로 그는 그녀를 잘 알 수도 있었을 것이다. 그러나 그는 다른 모든 사람들과 똑같은 방식으로 그녀를 보았다. 고국에서 쫓겨난, 고통 받는 젊은 여자. 그 자신도 진심으로 증오하고 결코 발을 들여놓고 싶지 않은 스웨덴의 도시 태생이다. 그러나 그의 경우는 당연하다. 왜냐하면 모든 사람은 그가 어디에서 태어났는지를 이미 잊어버린, 코즈모폴리턴적 기질의 호감 가는 스칸디나비아인이라 칭찬하기 때문이다. 두 사람 모두 어떤 기준으로 분류되었으며 그들에 대한 사람들의 판단은 이러한 분류에 어느 정도 충실한가에 달려 있다.(그러나 물론 사람들이 과장해서 말하는 이른바 '자기 자신에게 충실하다는 것'도 이와 다르지 않다.)

"뭐라고! 그렇다면 당신 도시는 어디지?" 그가 반박했다.

"파리야! 내가 당신을 만난 곳도, 당신과 함께 살고 있는 곳도 바로 여기야!"

마치 그녀의 말을 듣지 못한 듯 그는 그녀의 손을 잡았다. "내 선물로 받아 줘. 당신은 거기에 갈 수 없어. 잃어버린 당신 나라와 연결해 주는 끈 역할을 내가 할게. 그랬으면 좋겠어!"

그녀는 그의 친절을 의심하지 않았다. 그녀는 그에게 고마움을 느꼈다. 그러나 그녀는 침착한 어조로 덧붙였다. "당신이 그 어떤 것과도 끈 역할을 할 필요가 없다는 걸 제발 이해해 줘. 나는 세상 모든 것, 모든 사람들로부터 떨어져 있어도 당신과 함께라면 행복해."

그도 심각한 어조로 말했다. "이해해. 그렇지만 내가 지나간 당신 과거에 관심을 갖는다고 두려워하지 마. 당신이 아는 사람들 가운데 내가 만날 유일한 사람은 당신 엄마야."

그에게 무슨 말을 할 수 있었을까? 자신이 만나고 싶지 않은 사람은 바로 엄마였다고? 그렇지만 죽은 엄마를 그토록 잊지 못하는 그에게 어떻게 그 말을 한단 말인가?

"나는 당신 엄마에게 정말 감탄했어. 그 활력이란!"

이레나는 그 점을 의심하지 않는다. 사람들은 엄마의 생기 넘치는 활력 때문에 탄복하곤 한다. 엄마의 힘이라는 마법의 원 안에서 그녀는 삶의 주체가 되어 본 적이 없었다는 것, 그것을 어떻게 구스타프에게 설명한단 말인가? 엄마가 곁에 있으면 자신은 연약하고 성숙하지 못한 모습으로 퇴행할지도 모른다는 것을 그에게 어떻게 설명할 것인가? 아, 구스타프가 프라하에 가겠다니 이 얼마나 터무니없는 생각인가?

딱 한 번 그녀는 이렇게 생각하면서 마음을 진정했다. "하느님 덕택에 공산주의 국가와 서방 세계 사이의 경찰 장벽은 제법 견고해. 구스타프가 프라하에 가는 게 나를 위협할 수 있다는 걱정을 할 필요는 없어."

그녀는 방금 뭐라고 말했는가? "경찰 장벽이 하느님 덕택에 제법 견고하다"고? 그녀는 진정 "하느님 덕택에"라고 말했는가? 조국을 잃었다는 이유로 모든 사람들에게서 동정받는 망명자인 그녀가 "하느님 덕택에"라고 말했는가?

7

구스타프는 마르틴을 무역 협상 중 우연히 알게 되었다. 그가 이레나와 교제한 것은 훨씬 뒤에, 그녀가 이미 과부가 되고 난 뒤의 일이었다. 그들은 서로에게 호감을 느꼈지만 소심했다. 그때 죽은 남편이 저세상으로부터 달려와 그들에게 편안한 화젯거리가 되어 주었다. 구스타프는 마르틴이 자신과 같은 해에 태어났다는 사실을 알았을 때, 자신보다 훨씬 젊은 이 여인과 자신을 갈라 놓았던 벽이 무너지는 소리를 들었고, 나이 차이 때문에 아름다운 아내의 마음을 사려고 노력했던 그녀의 죽은 남편에 대해 진정한 고마움을 느꼈다.

그는 돌아가신 엄마를 그리워했으며 이미 어른이 된 두 딸들을 (무덤덤하게) 너그러이 돌봐 주었고, 아내를 피해 다녔다. 만약 합의가 이루어질 수만 있다면 그는 이혼을 원했다. 그러나 그것이 불가능했기 때문에 그는 스웨덴에서 멀리 떨어진 곳에서 살기 위해 할 수 있는 모든 노력을 기울였다. 이레나도 마찬가지로 이제 막 성인이 될 나이의 딸이 둘 있었다. 구스타프가 큰딸에게는 조그만 아파트를, 작은딸에게는 영국에 있는 기숙학교를 찾아 주었기 때문에 혼자 남은 이레나가 그를 자기 집에 맞아들일 수 있었다.

그녀는 그의 친절함에 매료되었다. 다른 사람들도 그 점을 가장 인상 깊게 생각했다. 그는 이러한 성격으로 여자들을 매혹했는데, 그들은 그의 친절이 유혹의 무기가 아니라 방어의 무기라는 점을 뒤늦게야 깨달았다. 엄마의 유별난 사랑을 받고 자라난 그는 여자들의 보살핌 없이는 혼자서 살 수 없었다. 그렇기 때문에 더욱더 그는 여자들의 요구나 언쟁, 눈물, 심지어는 여자들의 지나치게 의욕적이고 개방적인 육체까지도 견딜 수 없었다. 여자들을 소유하면서 동시에 그들로부터 벗어나기 위해서 그는 친절의 포격을 가했던 것이다. 폭발의 연기 뒤에 몸을 숨기고서 그는 뒤로 물러났다.

그의 선한 성격에 이레나는 처음에는 무척 당황했다. 왜 그는 그토록 친절하고 관대하며, 좀처럼 까다로운 요구를 하지 않을까? 어떻게 그에게 보답할 수 있을까? 그녀는 그에게 자기 욕망을 드러내는 것 외 다른 보답을 찾지 못했다. 그녀는 뭐라고 이름 붙일 수 없는 거대하고 황홀한 어떤 것을 요구하듯 커다랗게 뜬 두 눈으로 그를 뚫어지게 바라보았다.

그녀의 욕망. 그 욕망의 슬픈 이야기. 그녀는 마르틴을 만나기 전에는 사랑을 해 본 적이 없다. 그녀는 결혼 후 아이를 낳았고, 배 속에 둘째 딸을 가진 상태에서 프라하에서 프랑스로

왔으며, 그로부터 얼마 되지 않아 마르틴이 죽었다. 그 후로 그녀는 가정부나 다리가 마비된 부자의 간병인 등 어떤 직업도 마다할 수 없었던, 그야말로 길고 긴 고통의 시간을 보내야 했다. 러시아어를 프랑스어로 옮기는 일(다행히도 프라하에서 어학을 열심히 공부했던 덕분에)을 맡게 되었을 때는 출세를 한 셈이었다. 세월이 흘러서 포스터나 광고 간판, 신문 가판대에 진열된 잡지의 표지마다 여자들이 옷을 벗고 연인들이 포옹을 하고 남자들은 팬티 차림을 노출할 때도 그녀는, 도처에 널린 이 떠들썩한 연회 한가운데에서, 버림받고 눈에 띄지 않은 채 거리를 걷고 있었다.

그렇기 때문에 구스타프와의 만남은 하나의 축제였다. 그토록 오랜 시간이 지나서야 마침내 그녀의 육체와 그녀의 얼굴이 주목받고 찬사를 얻었으며, 그 매력 덕분에 한 남자가 그녀에게 인생을 함께하자고 청했던 것이다. 그녀의 엄마가 갑자기 파리로 그녀를 찾아온 것은 이러한 행복이 한창일 때였다. 그러나 바로 이때 또는 그보다 조금 뒤에 그녀는, 자신의 육체가 결정적으로 예정된 운명으로부터 완전히 벗어나지 못했다고 의심하기 시작했다. 또한 아내와 그의 여인들을 버린 그가 그녀에게서 찾으려고 했던 것은 모험과 새로운 젊음, 감각의 자유가 아니라 휴식이 아니었을까 하는 의심이 들었다. 물론 그가 그녀의 육체를 탐하지 않았던 것은 아니지만 마땅히 그래야 하는 것만큼은 아니라는 의심이 마음속에서 점점 더 커져 갔다.

8

유럽에서 공산주의는 프랑스 대혁명이 타오른 지 정확히 이백 년 후에 소멸되었다. 파리에 사는 이레나의 친구 실비는 바로 거기서 의미심장한 일치를 찾아내었다. 그러나 어떤 의미인가? 이 위엄 있는 두 날짜들을 이어 주는 개선문에 어떤 이름을 붙여야 하는가? 가장 위대한 두 개의 유럽 혁명 개선문? 가장 위대한 혁명과 마지막 혁명을 이어 주는 개선문? 이데올로기적 논쟁을 피하기 위해 나는 보다 소박한 해석을 제시하여 사용하고자 한다. 첫 번째 사건은 망명객(위대한 반역자 또는 위대한 수난자)이라는 유럽의 위대한 인물을 태어나게 했다. 두 번째 사건은 망명객을 유럽 역사의 무대로부터 퇴장시켰다. 그와 동시에 집단 무의식이라는 위대한 영화 감독은 가장 독창적인 작품들 가운데 하나인 망명의 꿈에 종지부를 찍었다. 이레나가 며칠간 프라하를 방문하는 첫 번째 귀환을 결정한 것은 바로 그때였다.

그녀가 출발했을 때 날씨는 매우 추웠다. 그러나 사흘이 지나자 갑자기 여름이 찾아왔다. 그녀가 가져간 두꺼운 옷은 입을 수 없게 되었다. 더운 날씨에 대비해서는 아무것도 가져오지 않았기 때문에 그녀는 여름옷을 사러 가게로 갔다. 이 나라는 아직까진 서방 세계 상품들로 넘쳐나지는 않았다. 그녀는 공산주의 시절에 입었던 것과 똑같은 옷감과 똑같은 색깔, 똑같은 재단을 다시 발견했다. 두세 벌을 입어 보고 그녀는 난감해졌다. 이유를 말하기는 힘들다. 옷들은 더럽지도, 재단이 나쁘지도 않았지만 머나먼 과거, 젊은 시절 입었던 의복의 엄격함을 상기시켜 주었으며, 순박하고 촌스러우며 우아하지 못한 시골 여교사에게나 어울릴 듯했다. 그러나 그녀에게는 시간이 없었다. 단 며칠 동안 시골 여교사처럼 보인다고 해서 안 될 이유라도 있나? 그녀는 싼값에 옷을 사서 몸에 걸치고 겨울옷을 가방에 넣은 다음 지나치게 더운 거리로 나섰다.

그녀는 우연치 않게 백화점을 지나다가 커다란 거울이 붙어 있는 벽 앞에 몹시 당황한 채 서 있게 되었다. 그녀가 보고 있는 모습은 자신이 아닌 다른 사람의 모습이었다. 새 옷을 입고 있는 자신을 오랫동안 쳐다보면서 그녀는 또 다른 삶, 즉 이 나라에 계속 머물렀더라면 살게 되었을 그러한 삶을 살고 있는 자신의 모습을 보았다. 이 여자는 보기 싫지는 않았지만 애처로웠다. 눈물을 흘리게 할 정도로 애처로워서 가련하고 불쌍하며 나약하고 고분고분해 보였다.

그녀는 예전에 꿨던 망명의 꿈 속에서와 같은 공포에 사로잡혔다. 옷의 마력 때문에 그녀는 자신이 원치 않았으며 앞으로 빠져나갈 수도 없을 것 같은 삶 속에 갇혀 버렸다. 마치 예전에 그녀가 막 성인이 되었을 때 자신 앞에 펼쳐진 가능한 삶들 중 결국 자신을 프랑스로 데리고 간 삶을 선택한 것처럼. 그리고 마치 자신이 거절한 다른 삶들이 늘 그녀를 맞이할 준비를 하고 은신처에 숨어서 질투의 시선으로 그녀를 지켜보기나 한 것처럼. 그것들 가운데 하나가 지금 이레나를 사로잡고는 마치 죄수복처럼 새로 산 옷 속에서 그녀를 꽉 조여 왔다.

그녀는 겁에 질린 나머지 구스타프의 집으로 달려가서(그의 회사는 프라하의 중심가에 건물을 구입했으며 그는 그 꼭대기 층에 임시 거처를 마련했다.) 옷을 바꿔 입었다. 또다시 겨울옷으로 갈아입고 그녀는 창문 밖을 바라보았다. 하늘은 흐렸으며 나무들이 바람에 흔들리고 있었다. 단 몇 시간 동안만 날씨가 더웠던 것이다. 그녀에게 악몽을 꾸게 하고 귀환의 무서움을 경고하는 몇 시간의 더위.

(이것은 꿈이었을까? 그녀가 최근에 꾼 망명의 꿈? 결코 아니다, 이 모든 것은 실제로 일어난 일이었다. 그러나 그녀는 이 꿈들이 그녀에게 암시하는 함정들이 사라진 것이 아니라 길목을 엿보며 항상 기다리고 있다는 인상을 받았다.)

9

오디세우스가 없는 이십 년 동안 이타카 사람들은 오디세우스에 대해 많은 기억을 갖고 있었으나 어떤 향수도 느끼지 않았다. 반면에 오디세우스는 이타카에 대한 향수병으로 고생했지만 그곳에 대해 어떤 것도 기억하지 못했다.

기억이 잘 기능하기 위해서는 부단한 훈련을 필요로 한다는 점을 생각하면, 이 흥미로운 모순을 이해할 수 있다. 추억은 친구들 사이의 대화에서 상기되지 않으면 떠나가 버리고 만다. 동향인 모임에 모인 망명자들은 똑같은 이야기들을 구역질이 날 정도로 한다. 때문에 그 이야기들은 잊히지 않는 것이다. 그러나 이레나나 오디세우스처럼 동향인들과 만나지 않는 사람들은 기억상실증에 걸리게 마련이다. 그들의 향수가 강하면 강할수록 추억은 사라지게 된다. 오디세우스가 고향을 보고 싶어 괴로워하면 할수록 그에 대한 기억은 사라졌다. 향수는 기억의 활동을 강화하거나 추억을 불러일으키는 것이 아니라 스스로에 만족하며, 아무리 커다란 고통에 빠져 있다 하더라도 자신의 감정만으로 충분하기 때문이다.

페넬로페와 결혼한 다음 이타카를 지배하려 했던 악당 무리를 물리치고 난 후 오디세우스는 자신이 전혀 기억하지 못하는 사람들과 살게 되었다. 그들은 그의 비위를 맞추기 위해, 전쟁터로 떠나기 전 그에 관해 기억하던 모든 것을 되풀이해서 말해 주었다. 고향 이타카 외 어떤 것에도 오디세우스가 관심을 두지 않는다고 확신한(그 드넓은 바다를 가로질러 이곳으로 돌아온 그이기에) 사람들은 그가 없는 동안 일어났던 일을 그에게 되풀이해서 말해 주었다. 오디세우스에게는 그것만큼 싫증나는 것도 없었다. 그는 단 하나만을 기다리고 있었다. 그들이 그에게 마침내 "이야기해 봐!"라고 말하는 것을. 하지만 그것은 그들이 결코 그에게 하지 않았던 유일한 말이다.

이십 년 동안 그는 자신의 귀환만을 생각했다. 그러나 일단 되돌아오자 그는 자신의 삶, 그 삶의 본질, 그 중심, 그 정수가 이타카 밖에, 이십 년 동안의 방랑 속에 있음을 깨닫고 놀랐다. 그가 잃어버렸던 이러한 보물을 그는 오직 이야기를 통해서만 되찾을 수 있을 것이다.

칼립소와 헤어진 후 고향으로 돌아오던 그는 표류해 파이아케스족의 섬에 닿고, 그곳 왕은 그를 궁정으로 맞아 준다. 모르는 사람에게는 이렇게 묻는 법이다. "너는 누구지? 너는 어디서 왔지? 이야기해 봐!" 그래서 그는 이야기했다. 『오디세이아』의 긴 여덟 권에 걸쳐 그는 깜짝 놀란 파이아케스인들

앞에서 자신의 모험을 자세히 회상한다. 그러나 이타카에서 그는 이방인이 아니었으며, 이타카인들 가운데 하나에 지나지 않았기에 아무도 그에게 "이야기해 봐!"라고 말할 생각을 하지 않았다.

10

그녀는 반쯤 잊힌 이름들을 오랫동안 살펴보면서 예전 주소록을 뒤적였다. 그리고 식당에 방을 하나 예약했다. 벽에 붙여 놓은 긴 테이블 위로, 작은 과자가 담긴 접시 옆에 포도주 열두 병이 나란히 놓여 있었다. 보헤미아에서는 좋은 포도주를 마시지 않을 뿐 아니라 여간해서는 오래된 포도주를 간직하지도 않는다. 그녀는 손님들을 놀라게 해 주고 우정을 회복하기 위한 축제를 열기 위해 이 오래된 보르도산 포도주를 기쁜 마음으로 샀다.

그녀는 하마터면 모든 것을 망칠 뻔했다. 한 친구가 확신에 가득 차서, 단순함을 뽐내며 자신은 맥주를 더 좋아한다고 말할 때까지, 초대된 친구들은 난감한 기분으로 이 병들만 지켜보았다. 솔직하게 말한 이 친구 덕분에 원기를 되찾은 다른 친구들이 동의했고, 열렬한 맥주 팬은 웨이터를 불렀다.

이레나는 보르도산 포도주 상자를 주문하는 분별없는 행동을 저지른 것, 멍청하게도 자신과 그들을 갈라놓는 모든 차이를 드러낸 것을 자책했다. 그녀가 이 나라로부터 오랫동안 떠나 있었다는 사실, 이방인으로서의 습관, 그녀의 유복함. 그녀가 이 만남에 상당한 중요성을 부여한 만큼 이러한 질책은 커질 수밖에 없었다. 그녀는 여기서 살 수 있을지, 이곳을 자기 집처럼 느끼고 친구를 사귈 수 있을지를 알고 싶었다. 그래서 그녀는 이 사소한 무례함 때문에 화를 내고 싶지 않았다. 오히려 이를 호의적인 솔직함으로 받아들일 준비가 되어 있었다. 게다가 친구들이 변함 없는 애정을 표했던 맥주는 진실성을 표시하는 성스러운 음료이며, 그것을 마시는 사람들로 하여금 솔직함 속에서 오줌을 누게 하고 순진하게 살찌게 하는, 일체의 위선과 가식적인 예절을 사라지게 하는 묘약이 아니던가? 실제로 그녀 주위에 있는 여자들은 뚱뚱했고, 끊임없이 지껄였다. 그들은 좋은 충고들을 남발했으며 구스타프의 인물 됨됨이를 칭찬했다.

그러는 사이에 웨이터가 양손에 각각 다섯 잔씩, 500시시짜리 맥주 열 잔을 들고 문에 나타났다. 그 훌륭한 힘의 과시는 박수와 웃음을 자아냈다. 그들은 맥주잔을 들고 건배했다. "이레나의 건강을 위하여! 다시 찾은 소녀의 건강을 위하여!"

이레나는 한 모금 마시면서 생각했다. 만약 구스타프가 포도주를 내놓았다면? 그때도 거절했을까? 물론 아닐 것이다. 포도주를 거부함으로써 그들이 거부한 것은 바로 그녀였다. 오랜 세월이 지난 후 되돌아온 바로 그녀의 모습을.

친구들이 되돌아온 자신의 모습 그대로를 받아들일 수 있을지 그녀는 마음속으로 내기를 걸었다. 그녀는 순박한 처녀로 여기를 떠나서, 그녀 스스로 자랑스럽게 생각하는, 힘겨운 시절을 뒤로한 채 성숙한 여인으로 돌아왔다. 그녀는 친구들이 지난 이십 년간 자신의 경험과 확신, 생각 이 모두와 함께 자신을 받아들이도록 하기 위해 어떤 일도 할 각오였다. 이 내기에 질 수도, 이길 수도 있었다. 지금 현재 모습 그대로 친구들 사이에 있는 데 성공하지 못하면 그녀는 여기에 머물지 못할 것이다. 그녀는 이 만남을 그 출발점으로 삼았다. 친구들이 고집을 부리며 맥주를 마신다고 해서 그녀에게 문제가 될 것은 없다. 그녀에게 중요한 것은 스스로 대화 주제를 선택하고 자신을 이해시키는 것이다.

그러나 시간이 흐르자 여자들은 한꺼번에 이야기하기 시작했다. 새로운 대화를 시작하거나 대화에 어떤 내용을 설정하기란 거의 불가능했다. 그녀는 그들이 꺼낸 주제를 되받아서 자신이 말하고자 하는 방향으로 유도하려 했으나 실패했다. 그녀 말이 친구들의 관심사로부터 멀어지자 그 누구도 그녀의 말을 들으려 하지 않았다.

웨이터는 벌써 두 번째 맥주잔을 가져왔다. 테이블 위에는 거품이 넘쳐흐를 듯한 새 잔 옆에 체면이 손상된 듯 거품이 빠진 첫 번째 맥주잔이 아직 놓여 있었다. 이레나는 맥주에 대한 기호를 잃은 것을 후회했다. 그녀는 프랑스에서 한 모금씩 홀짝홀짝 술을 마시는 법을 배웠기 때문에 맥주를 좋아하면 으레 그렇듯이 한꺼번에 벌컥 들이켜는 습관을 잃었다. 그녀는

입으로 잔을 들어서 한꺼번에 두세 모금씩 마셔 보려고 노력
했다. 바로 그때 가장 나이가 들어 보이는 육십 대 여인이 남
아 있는 거품을 닦기 위해 입술에 부드럽게 손을 올려놓았다.
 "억지로 그럴 필요 없어. 우리 함께 포도주를 마실까? 이 좋
은 포도주를 놓친다는 건 바보 같은 짓이야."라고 말하면서 그
녀는 긴 테이블 위에 손대지 않은 채 놓여 있는 포도주 한 병
을 따 달라고 웨이터에게 말했다.

11

밀라다는 마르틴과 같은 연구소에서 일했던 직장 동료였다. 그녀가 식당에 들어섰을 때 알아보았지만 각자 손에 포도주 잔을 들고서야 이레나는 그녀에게 말을 건넬 수 있었다. 그녀는 밀라다를 쳐다본다. 그녀의 얼굴형은 예전과 같았고(둥근 모양) 똑같은 검은색 머리카락을 늘 하던 대로(마찬가지로 둥글게 말려 귀를 덮는 머리카락이 턱밑까지 내려오는) 하고 있었다. 그녀는 변하지 않은 것 같았다. 그러나 말을 하기 시작하자 그녀의 얼굴은 변했다. 피부는 자꾸 주름이 졌고 윗입술은 가느다란 수직선들로 덮였으며 양 볼과 턱 위 주름살들은 그녀가 말을 할 때마다 갑자기 위치를 바꾸었다. 이레나는 밀라다가 이 점을 알지 못한다고 생각한다. 아무도 거울 앞에서 자기 자신에게 말하지 않는 법이니까. 그러므로 그녀가 알고 있는 자신의 얼굴이란 피부가 매끈한, 움직이지 않는 얼굴이다. 이 세상 모든 거울들은 그녀가 항상 아름답다고 믿게 한다.

포도주를 음미하면서 밀라다는 이렇게 말한다.(그 즉시 그녀의 아름다운 얼굴에 주름살이 나타나서 춤추기 시작했다.) "돌아온다는 건 쉽지 않지, 그렇지?"

"저 여자들은 우리가 돌아올 수 있으리라는 최소한의 희망도 없이 떠났다는 것을 이해하지 못해. 우리는 우리가 있던 곳에 닻을 내리려고 노력했어. 스카셀 알지?"

"시인 말이니?"

"그는 어느 시에서 그의 슬픔에 대해 말하며 그것으로 집을 지어 삼백 년 동안 그 속에 갇혀 지내고 싶다고 했지. 삼백 년간을 말이야. 우리 모두 삼백 년간의 긴 터널을 목격한 거야."

"맞아, 여기 있는 우리도."

"그렇다면 왜 그것을 알려고 하지 않지?"

"감정이 틀렸을 때는, 역사가 그것을 인정하지 않을 때는 자신의 감정을 수정하는 법이거든."

"모든 사람들은 우리가 보다 안락한 삶을 누리러 떠났다고 생각하지. 낯선 세계에서 자기만의 작은 자리를 차지한다는 것이 얼마나 힘든지 그들은 몰라. 너는 알겠지만, 한 아이를 데리고, 또 배 속에도 아이를 가진 채 떠난다는 게, 남편을 잃는다는 게, 곤경 속에서 두 딸을 키운다는 게⋯⋯."

그녀는 입을 다물고 밀라다가 말한다. "그들에게 이 모든 것을 말한다는 건 아무 의미도 없어. 최근까지도 사람들은 공산주의 체제에서 자기가 다른 사람보다 더 고생했다는 것을 증명하기 위해 서로 다투었어. 사람들은 스스로가 희생자로 인정되기를 바랐어. 그러나 고통의 경쟁은 이제 끝났어. 요즘은 고통이 아니라 성공을 자랑하지. 사람들이 너를 존경할 맘이 있는 건 네가 어렵게 살아왔기 때문이 아니라 부유한 남자를 데리고 나타났기 때문이야!"

다른 여자들이 다가와서 둘러쌀 때까지 둘은 구석에서 오랫동안 이야기했다. 그들은 마치 주인에게 신경을 쓰지 못한 것을 후회라도 하듯, 수다스럽고(맥주의 취기는 포도주의 취기보다 사람들을 더 소란스럽고 인간미 넘치게 했다.) 다정다감했다. 모임이 시작되었을 때부터 맥주를 요구했던 여자가 외쳤다. "그래도 네 포도주를 맛봐야겠어!" 그리고 웨이터를 불러서 다른 병들을 따게 하고 잔들을 채웠다.

이레나는 갑작스러운 환각에 사로잡혔다. 손에 맥주잔을 들고 떠들썩하게 웃으면서 한 떼의 여인들이 그녀에게 달려오고 그녀는 체코 말을 알아듣고서는 자신이 프랑스가 아니라 프라하에 있으며 자신이 실종된 상태라는 것을 겁에 질린 채 깨닫는다. 그래, 이것은 그녀가 기억에서 황급히 쫓아 버린 오래된 망명의 꿈들 가운데 하나였다. 주위에 있는 이 여자들은 더 이상 맥주를 마시지 않으며 포도주 잔을 들어서 다시 찾은 소녀를 위해 건배했다. 그들 가운데 하나가 환하게 빛나는 얼굴로 그녀에게 말한다. "기억하지? 네가 돌아와야 할 바로 그때가 되었다고 너에게 편지했었지!"

이 여자는 누구인가? 그녀는 저녁 내내 자기 남편의 병에 대해 계속해서 말하며 흥분해서 그 증세를 미주알고주알 늘어놓았다. 결국 이레나는 그녀를 알아본다. 공산주의가 무너진 바로 그 주에 자신에게 이렇게 편지를 썼던 중고등학교 시절 친구였다. "친구야, 이제 우리도 늙었구나! 이제 네가 돌아와야 할 그때가 되었어!" 그녀는 한 번 더 이 문장을 반복하며 커다랗게 웃었다. 그러자 살진 얼굴에 틀니가 드러났다.

다른 여자들은 그녀에게 질문 공세를 퍼부었다. "이레나, 그때를 기억하니……." "그때 누구와 일어난 일을 아니……?" "아니야, 그래도 그를 기억해야 해!" "귀가 커다란 그놈을 너는 항상 비웃었지!" "그렇지만 너는 그를 잊을 수 없어. 그는 네 이야기만 하거든!"

그때까지 그들은 이레나가 말하려는 것에는 관심이 없었다. 이러한 갑작스러운 공세는 무얼 의미하는가? 그들은 아무 것도 듣지 않으려 하면서, 무엇을 가르쳐 주고자 하는가? 그녀는 이 질문들의 특징을 재빨리 알아차린다. 자신들이 아는 것을 그녀도 아는지, 자신들이 기억하는 것을 그녀도 기억하는지 확인해 보기 위한 질문들이다. 그녀의 머릿속에 줄곧 남아 있을 이상한 느낌이 생겨난다.

그녀가 외국에서 무얼 했는지에 대해 철저하게 무관심한 태도를 보임으로써 이 여자들은 그녀에게서 이십 년간의 삶을 잘라 내었다. 그리고 이제 질문 공세를 통해 그녀의 과거와 현재를 다시 꿰매려고 했다. 마치 그녀의 팔뚝을 잘라 내고는 손을 막바로 팔꿈치에 갖다 붙이려는 듯이. 마치 그녀의 장딴지를 잘라 내고 발을 무릎에 붙이려는 듯이.

이러한 상상에 망연자실해진 그녀는 질문에 전혀 대답할 수 없었다. 게다가 이 여자들은 대답을 기대하지도 않았으며 점점 더 취기가 올라서 이레나와는 상관없는 잡담들을 늘어놓았다. 그녀는 이 여자들의 입이 모두 동시에 벌어져 말을 내뱉고 끊임없이 웃음을 터뜨리는 것을 본다.(미스터리. 서로의 말에 귀 기울이지 않는 여자들이 어떻게 그들끼리 주고받은 말 때문에 웃을 수 있을까?) 그 누구도 더 이상 이레나에게 말을 걸지는 않았지만 모두 다 기분이 좋아서 환한 표정들이었다. 처음에 맥주를 요구했던 여자가 노래를 부르기 시작하자 다른 여자들도 따라했다. 파티가 끝나고도 그녀들은 길거리에서 계속해서 노래를 불렀다.

침대에서 그녀는 저녁때를 회상해 본다. 오랜 망명의 꿈이 또다시 그녀에게 나타났다. 그녀는 맥주잔을 들고서 떠들썩하게 지껄이는 여자들이 자신을 둘러싸고 있는 모습을 본다. 꿈속에서 이 여자들은 그녀를 함정에 빠뜨리는 임무를 맡은, 비밀 경찰의 끄나풀들이었다. 그러나 지금, 여자들이 그 누구에게 고용되어 있단 말인가? "네가 돌아와야 할 그때야." 으스스한 틀니를 끼운 그녀의 늙어 버린 동창생이 말했다. 조국의 묘지들의 밀정이었던 그녀는 그녀에게 벌을 내릴 책임이 있었다. 시간이 없으며 삶을 시작했던 그곳에서 삶을 마감해야 한다고 그녀에게 알리는 것.

그리고 그녀는 마치 어머니처럼 감싸 주는 우정을 보여 준 밀라다를 생각한다. 그녀는 아무도 이레나의 '오디세이아'에 관심을 갖지 않는다고 가르쳐 주었다. 이레나는 밀라다 또한 그렇다고 생각해 본다. 그러나 그렇다고 해서 어떻게 그녀를 나무라겠는가? 자신의 삶과는 아무런 관련이 없는 것에 무슨 이유로 관심을 갖겠는가? 만약 관심을 가진다면 그것은 단지 예절상의 코미디에 지나지 않을 뿐이다. 이레나는 밀라다가 아무런 가식 없이 우정을 보여 준 것이 고마웠다.

잠들기 전에 한 마지막 생각은 실비에 관한 것이다. 그녀를 보지 못한 지도 벌써 오래되었다! 그녀가 보고 싶다! 이레나는 그녀를 카페로 불러내서 보헤미아 여행에 대해 이야기하고 싶은 마음이 굴뚝같았다. 귀향의 어려움을 그녀에게 이해시키고 싶었다. 맨 처음 '위대한 귀환'이란 말을 한 게 너였지, 이레나는 상상 속 대화에서 그녀에게 말했다. 실비, 너도 알겠지만 오늘 나는 깨달았어. 나는 다시 그들과 살 수 있을 것 같아, 하지만 조건이 있어. 내가 너와 너희 프랑스인들과 겪은 모든 것을 조국의 제단 위에 엄숙하게 올려놓고 거기에 불을 붙인다는 조건. 이 성스러운 의식이 행해지는 동안 외국에서 보낸 이십 년간의 삶이 연기로 변하겠지. 그리고 여자들이 손에 맥주잔을 치켜들고서 내 주위에서 노래하고 춤출 거야. 내가 용서받기 위해서 치러야 할 대가지. 내가 받아들여지기 위해서. 내가 다시 그녀들 가운데 하나가 되기 위해서.

12

파리 공항에서 그녀는 경찰 검색대를 지나 대기실로 가서 앉았다. 맞은편 의자에서 그녀는 어떤 남자를 보았는데 잠깐 동안의 망설임과 놀람 끝에 그를 알아보았다. 그녀는 흥분해서 서로 시선이 마주치는 순간을 기다렸다. 그리고 미소를 지었다. 그도 미소를 짓고 고개를 약간 끄덕였다. 그녀는 일어서서 그에게 갔고 그도 일어섰다.

"프라하에서 서로 본 적이 있지, 그렇지?" 그녀가 그에게 체코어로 물었다. "아직 나를 기억해?"

"물론이지."

"나는 바로 당신을 알아보았어. 변하지 않았네."

"과찬이야."

"아니야, 아니야. 당신은 예전 그대로야. 제기랄, 모두 까마득한 옛날 이야기네." 그리고 그는 웃으면서 말했다. "나를 알아봐 줘서 고마워! 그동안 프라하에 있었니?"

"아니."

"망명했어?"

"그래."

"그럼 어디서 살았어? 프랑스에서?"

"아니."

그녀는 탄식했다. "만약 당신이 프랑스에서 살았는데 오늘에야 우리가 만난 거라면⋯⋯."

"파리에 들른 건 아주 우연일 뿐이야. 나는 덴마크에 살고 있어. 당신은?"

"여기, 파리에. 내 눈이 믿어지지 않아. 그동안 어떻게 살았어? 같은 일을 해?"

"응. 당신은?"

"나는 거의 일곱 가지 직업을 전전해야 했어."

"몇 남자를 전전했는지는 묻지 않을게."

"그래, 묻지 마. 나도 그런 질문을 하지 않는다고 약속할게."

"지금은? 귀국하는 거야?"

"완전히 귀국하는 건 아니야. 파리에 내 아파트가 있어. 당신은?"

"나도 그래."

"자주 가나 봐."

"아니야. 이번이 처음이야." 그가 말한다.

"아, 이제서야! 급하다고 느끼지 않았나 보네!"

"응."

“보헤미아에서 꼭 해야 할 일은 없어?”

“나는 완전히 자유로운 사람이야.”

그는 침착하게, 그리고 그녀가 보기에는 약간 우울한 듯한 어조로 말했다.

비행기에서 그녀 자리는 통로 쪽 앞좌석이었다. 그래서 그녀는 여러 번 몸을 돌려 그를 쳐다보았다. 그녀는 오래전에 있었던 그와의 만남을 결코 잊은 적이 없다. 프라하에서 그녀는 친구들과 함께 어떤 바에 있었는데, 친구들의 친구인 그는 그녀만 뚫어지게 쳐다보았다. 그들의 러브 스토리는 시작되기도 전에 끝나 버렸다. 그녀는 몹시 아쉬워했고, 그것은 치유되지 않은 상처로 남아 있다.

두 번이나 그는 그녀의 자리로 와서 의자에 몸을 기대고는 대화를 나누었다. 그녀는 그가 사흘 동안만 보헤미아에, 그것도 가족을 만나러 지방에 머무를 것이라는 사실을 알았다. 그녀는 못내 아쉬웠다. 그가 단 하루라도 프라하에 있을 수는 없을까? 덴마크로 돌아가기 전에 하루나 이틀만이라도. 그를 볼 수 있을까? 서로 보게 된다면 얼마나 기분 좋을까? 그는 자신이 지방에서 묵을 호텔 이름을 불러 주었다.

13

그도 이 만남이 즐거웠다. 그녀는 정답고 멋지고 유쾌했으며 사십 대치고는 예뻤다. 그러나 그는 그녀가 누구인지 도무지 알 수 없었다. 누군가에게 전혀 기억이 나지 않는다고 말하는 것은 거북한 일이지만, 이번에는 두 가지 이유 때문에 더욱더 거북했다. 그는 그녀를 잊어버렸을 뿐 아니라 알아보지도 못했기 때문이다. 또한 그 사실을 여자에게 고백하는 것은 그가 할 수 없는 비열한 짓이었다. 게다가 그는 이 낯선 여자가 자신이 그녀를 기억하는지 아닌지조차 확인하지 않았으며 그녀와 이야기하는 것만큼 쉬운 일도 없음을 재빨리 깨달았다. 그러나 다시 보기로 약속을 하고 그녀가 자신의 전화번호를 주려고 했을 때는 당황스러웠다. 어떻게 이름도 모르는 사람에게 전화를 할 수 있을까? 아무런 설명 없이 그는 그녀가 자신에게 전화해 줬으면 한다고 말했고 그녀에게 지방에 있는 호텔 전화번호를 적으라고 했다.

프라하의 공항에서 그들은 헤어졌다. 그는 자동차를 빌려 타고 고속도로를 지나 지방도로로 접어들었다. 마을에 도착해서 묘지를 찾았지만 헛수고였다. 똑같이 생긴 높은 집들이 있는 신시가지에 들어섰을 때 그만 길을 잃고 말았다. 열 살쯤 되어 보이는 소년을 보고 차를 세워 묘지로 가는 길을 물었다. 소년은 대답 없이 그를 쳐다보았다. 자신의 말을 이해하지 못했다고 생각한 조제프는 마치 발음을 잘하려고 노력하는 외국인처럼 보다 천천히 그리고 높은 목소리로 다시 질문했다. 소년은 결국 모른다고 대답했다. 그런데 도대체 마을에 하나밖에 없는 묘지 위치를 어떻게 모를 수 있을까? 차의 시동을 걸고 다른 행인들에게 물어보았으나 그들의 설명을 알아들을 수 없었다. 마침내 그는 묘지를 발견했다. 새로 지은 육교 뒤에 처박혀 있어 그런지 예전보다 더 초라하고 작아 보였다.

그는 차를 세우고 보리수가 늘어선 길을 따라 무덤으로 갔다. 바로 거기에서 그는 삼십 년 전, 어머니의 시신이 담긴 관이 묻히는 것을 보았다. 고향에 들를 때면 자주 그곳에 갔다. 한 달 전, 보헤미아에서의 짧은 체류를 준비할 때 그는 이미 묘지에 들르는 것부터 여정을 시작하리라는 것을 알았다. 그는 묘비를 보았다. 대리석은 수많은 이름들로 덮여 있었다. 무덤은 그사이 커다란 공동 침대가 되어 버렸다. 길과 묘비 사이에는 화단과 함께 잔디가 심어져 있었다. 그는 땅속에 있는 관을 상상해 보려 했다. 관들은 세 줄씩, 몇 개의 층으로 포개져서 나란히 놓여 있을 것이다. 어머니는 맨 밑에 있었다. 아버지는 어디에 있는가? 어머니보다 십오 년 후에 돌아가신 아버지의 관은 적어도 한 층 정도의 간격을 두고 어머니와 떨어져 있을 것이다.

그는 어머니의 장례식을 떠올렸다. 당시 저 밑에는 관 두 개밖에 없었다. 그의 친할아버지와 친할머니. 그래서 어머니가 시어른들의 묘로 들어가는 것이 너무나 당연해 보였으며, 어머니가 외가 쪽 묘에 묻혀야 하지 않을까라는 생각은 조금도 하지 않았다. 훨씬 후에야 그는 깨달았다. 지하 가족 묘지에서 온 가족이 다시 모이는 일은 이미 오래전부터 역학 관계에 의해 결정되어 있었다. 아버지의 가문이 어머니의 가문보다 더 권세가 있었던 것이다.

묘비에 새겨진 새로운 이름들의 수가 그를 괴롭게 했다. 그는 떠나고 몇 년 후 차례로 삼촌과 고모 그리고 마지막으로 아버지의 죽음을 접했다. 그는 이름들을 주의 깊게 읽기 시작했다. 몇몇은 그때까지 살아 있는 줄 알았던 사람들이었다. 놀라웠다. 그를 놀라게 한 것은 그들의 죽음이 아니라(자신의 나라를 영원히 떠나기로 결심한 사람은 가족을 다시는 보지 않겠다고 결심해야 한다.) 자신이 어떤 부고도 받지 못했다는 사실이다. 공산주의 경찰은 망명자들에게 보내는 편지를 감시했다. 그들은 그에게 편지 쓰는 게 두려웠을까? 그는 날짜를 관찰했다. 마지막 두 장례식은 1989년 후에 있었다. 그에게 연락하지 않은 것은 조심하기 위해서가 아니었다. 진실은 고약했다. 그들에게 그는 더 이상 존재하지 않았다.

14

호텔은 공산주의 막바지에 세워졌다. 세계 도처의 호텔들이 그렇듯이 중심 광장에 위치한, 도시의 지붕들 위로 몇 층 더 높이 솟아 있는 장식 없는 현대식 건물. 그는 육 층에 방을 잡고 창가로 다가갔다. 저녁 7시 무렵 황혼이 지는 광장은 가로등 불빛 속에 믿기지 않을 만큼 조용했다.

떠나기 전에 그는 낯익은 장소와 지나간 삶과 대면하는 장면을 마음속으로 그려 보았다. 감격할까? 냉담할까? 기뻐할까? 실망할까? 그 어떤 것도 아니었다. 그가 없는 동안 보이지 않는 빗자루가 젊은 날의 풍경 위로 지나가면서 그에게 친숙했던 모든 것을 쓸어 버렸다. 그가 예상했던 만남은 일어나지 않았다.

아주 오래전에 이레나는 이미 병세가 악화된 남편의 요양을 위해서 프랑스의 어느 지방 도시를 방문한 적이 있었다. 일

요일이어서 도시는 조용했고 그들은 다리 위에 멈추어 서서
푸르스름한 강기슭 사이를 조용히 흐르는 물을 바라보았다.
강이 굽이치는 곳에, 정원으로 둘러싸인 오래된 별장이 그들
에게는 마치 자기 집에 있는 듯한 편안한 느낌을 주었으며 흘
러간 목가적 꿈을 떠올리게 했다. 이 아름다운 풍경에 매혹된
그들은 산책을 하고 싶어 둑으로 내려갔다. 몇 발짝을 걷다가
그들은 일요일의 평화가 자신들을 속였음을 깨달았다. 길은
막혀 있었다. 그들은 기계, 트랙터, 흙과 모래더미들이 버려진
공사 현장과 마주쳤다. 강의 다른 쪽에는 쓰러진 나무들이 보
였다. 위에서 바라보았을 때는 매혹적이고 아름다웠던 별장
이, 유리창은 깨어지고 문 대신에 커다란 구멍이 뚫려 있었다.
그 뒤에는 십 층쯤 되어 보이는 높은 건물이 서 있었다. 그들
을 감탄시켰던 아름다운 도시 풍경은 그렇다고 해서 환각만
은 아니었다. 짓밟히고 모욕당하고 조롱당했지만, 아름다움
은 그 폐허를 뚫고 모습을 드러냈다. 다시 한 번 이레나의 시
선은 또 다른 강기슭을 향했으며 쓰러진 나무들에 꽃이 피어
있는 것을 알 수 있었다. 쓰러지고 넘어진 그 나무들은 살아
있었던 것이다! 그때 갑자기, 스피커에서 음악이 아주 크게 터
져 나왔다. 이 갑작스러운 공격에 이레나는 손으로 귀를 누르
고 눈물을 터뜨렸다. 그녀의 눈앞에서 사라져 버린 세계를 위
한 눈물. 몇 달 후면 죽을 남편이 그녀의 손을 잡고 그녀를 데
리고 갔다.

풍경을 훼손하고 지워 버리는 이 보이지 않는 거대한 빗자
루는 수천 년 전부터 움직이고 있었지만 예전에는 거의 느껴

지지 않을 만큼 더뎠다. 그러나 그 움직임이 오늘날은 너무도 가속화되어서 나는 이렇게 자문해 본다. 오늘날 '오디세이아'를 생각할 수 있는가? 귀환의 서사시는 아직도 우리 시대에 속하는가? 옛부터 있던 올리브나무가 쓰러지고 주위에서 아무것도 알아볼 수 없었다면 오디세우스가 이타카의 기슭에서 깨어났던 그 아침에 그는 위대한 귀환의 음악을 황홀경 속에서 들을 수 있었을까?

호텔 근처에 있는 높은 건물에는 거대한 그림이 그려져 있는, 창이 뚫리지 않은 벽이 드러나 있었다. 희미한 빛 때문에 뭐라고 씌어 있는지를 식별할 수 없었지만 하늘과 땅 사이에서 서로 마주 잡고 있는 거대한 두 손만은 알아보았다. 예전부터 있었던 그림인가? 그는 더 이상 기억할 수 없었다.

그는 호텔 식당에서 혼자 저녁을 먹었으며 주위 대화 소리를 들었다. 모르는 언어로 된 음악이었다. 이 척박했던 이십 년 동안 체코어에 무슨 일이 벌어졌는가? 악센트가 변한 것일까? 아마도 그럴 것이다. 예전에는 첫 번째 음절에 강하게 놓였던 악센트가 약해졌다. 그 억양은 마치 뼈를 발라낸 것처럼 빈약해졌다. 멜로디는 이전보다 더 단조롭고 질질 끄는 듯 보였다. 그리고 음색! 비음이 강해졌고, 그 결과 청각을 마비시키는 불쾌한 무언가가 말에 곁들었다. 여러 세기를 거치는 동안 언어들의 멜로디는 조금씩 변하게 마련이다. 그러나 오랫동안 떠나 있다가 되돌아온 사람은 이 변화에 당황한다. 조제프는 접시 위에 몸을 기울이고서 단어 각각은 속속들이 알고 있으나 전혀 알아들을 수 없는 미지의 언어를 듣고 있었다.

　그리고 방으로 돌아와서 전화기를 들고 형의 전화번호를 눌렀다. 즉시 와 달라고 자신을 초대하는 즐거운 목소리를 들었다.

　"내가 온 걸 알리려고 했을 뿐이야. 미안하지만 오늘은 힘들겠어. 오랜만인데 이런 상태에서 나를 보여 주고 싶지 않아. 지금은 몹시 피곤해. 내일 시간 있어?"

　그는 형이 아직도 병원에서 일하는지도 확신할 수 없었다.

　"난 시간 있어."라는 대답이 들려왔다.

15

초인종을 누르자 그보다 다섯 살 위인 형이 문을 열었다. 그들은 악수를 하고 서로 쳐다보았다. 엄청나게 강렬한 시선이었다. 그들은 그게 무엇을 뜻하는지 알고 있었다. 서로의 머리카락, 주름살, 치아를 빠르고 조심스럽게 훑어보았다. 그들은 상대편의 얼굴에서 무엇을 찾고자 하는지 알고 있으며 상대편 역시 자기 얼굴에서 같은 것을 찾고 있다는 것도 안다. 그들은 부끄럽게 생각한다. 왜냐하면 그들이 찾는 것은 상대편이 죽음에 얼마나 가까이 갔는가, 보다 거칠게 말하자면 상대편에게 죽음의 흔적이 나타났는가이기 때문이다. 그들은 탐색을 가능한 한 빨리 끝내고자 했다. 몇 초간의 불길한 순간을 잊게 해 줄 문장, 돈호법, 질문 또는 가능하다면 (하늘이 주신 선물일 텐데) 농담(그러나 그들을 구해 주기 위한 어떤 농담도 떠오르지 않았다.)을 서둘러 찾는다.

“어서 와.” 결국 형이 말했고 조제프의 어깨를 잡고 그를 거실로 안내한다.

16

그들이 자리에 앉자 형이 말했다. "공산주의라는 것이 몰락한 이후로 너를 기다려 왔어. 모든 망명자들은 이미 귀국했거나 적어도 여기에 모습을 나타냈지. 아니, 너를 나무라는 말이 아니야. 네가 뭘 해야 하는지 너도 알겠지."

"틀렸어, 나는 모르겠는데." 조제프가 웃는다.

"혼자 왔니?" 형이 물었다.

"그래."

"계속 여기 머무를 거니?"

"모르겠어."

"물론 네 아내의 의견을 고려해야겠지. 내가 알기로는 저쪽에서 결혼했지."

"그래."

"덴마크 여자와." 형이 확신 없이 말했다.

“그래.”라고 말하고 그는 입을 다물었다.

이 침묵에 형은 당황했다. 조제프는 무슨 말이든 하기 위해 물었다. “집은 지금 형 소유야?”

예전 아파트는 아버지 소유의 삼 층짜리 임대용 건물의 일부였다. 삼 층에 가족들이 살았고(어머니, 아버지, 두 아들) 다른 층들은 임대했다. 1948년 공산주의 혁명 이후에 건물은 국유화되었으며 가족은 여기에 세입자 자격으로 머물렀다.

“그래.” 눈에 띄게 난처해하며 형이 대답했다. “너에게 연락하려고 했는데 안 됐어.”

“그래? 내 주소를 알고 있잖아!”

1989년 이후 혁명에 의해 국유화된 모든 재산들(공장, 호텔, 임대 건물, 들판, 숲)은 예전 소유자들에게(보다 정확히 하자면 그들의 자식들이나 손자들에게) 돌아갔다. 이러한 절차는 반환이라고 불렸다. 누군가가 법원에 자신이 소유자라고 신고하고 일 년 동안 아무도 이의를 제기하지 않으면 반환은 철회할 수 없었다. 이러한 법률적 단순화는 많은 사기 사건을 유발하는 한편, 유산 상속 재판이나 상소나 항고와 같은 절차들을 면제해 주었다. 그 결과 엄청나게 짧은 기간 동안, 나라의 경제를 움직일 수 있는 부유하고 활동적인 부르주아와 더불어 계급 사회가 다시 태어났다.

“그 일을 맡아서 처리한 건 변호사야.” 형이 계속 당황하며 대답했다. “이제는 너무 늦었다. 수속 절차가 끝났어. 그러나 걱정하지 마. 우리끼리라면 변호사 없이도 문제를 해결할 수 있잖아.”

그때 형수가 들어왔다. 이번에는 시선이 마주치지 않았다. 그녀는 너무나 늙었다. 그녀가 문 앞에 나타난 순간 바로 알 수 있었다. 조제프는 그녀를 보지 않으려고 고개를 숙였다. 그러고는 몰래 바라보았다. 연민에 사로잡힌 그는 그녀에게 다가가서 포옹을 했다.

그들은 다시 자리에 앉았다. 연민의 감정에서 벗어날 수 없었던 조제프는 그녀를 쳐다보았다. 만약 길에서 만났더라면 그녀를 알아보지 못했을 것이다. 이들은 내게 가장 절친한 존재들이야. 내 유일한 가족, 나의 형, 하나밖에 없는 형. 그는 이 감정이 사라지기 전에 조금 더 연장시키려는 듯이 이 말을 여러 번 되풀이했다.

연민이 물결치듯 밀려와 그는 이렇게 말하지 않을 수 없었다. "집 이야기는 완전히 잊어. 잘 들어, 현실적이 되자고. 여기서 뭔가를 소유하는 데는 관심이 없어. 내 문제는 여기 있지 않아."

안심한 형이 되풀이했다. "아니야, 나는 만사를 공평하게 처리했으면 해. 게다가 네 아내 의견도 들어 봐야지."

"다른 이야기를 하자." 조제프는 형의 손 위에 자기 손을 올려놓고 꼭 잡으며 말했다.

17

　형은 그가 떠난 뒤에 생긴 변화를 보여 주기 위해 아파트 여기저기를 구경시켜 주었다. 어느 방에서 그는 예전에 그의 것이었던 그림을 보았다. 이 나라를 떠나기로 결정한 이상 빨리 행동해야만 했다. 그는 다른 지방 도시에 살고 있었고 망명 계획을 비밀로 해야 했기 때문에 재산을 친구들에게 나누어 줄 수 없었다. 떠나기 전날, 그는 열쇠를 봉투에 넣어 형에게 부쳤다. 국경을 넘자 형에게 전화를 걸어, 국가가 재산을 몰수하기 전에 아파트에서 마음에 드는 것이 있으면 모두 다 가지라고 말했다. 훨씬 후 덴마크에 정착했을 때 그는 새로운 삶을 시작했다는 기쁨에 형이 무엇을 건졌는지, 그걸 가지고 어떻게 했는지 조금도 궁금하지 않았다.

　그는 그림을 오래 바라보았다. 가난한 사람들이 사는 교외 공장 지대가 마치 세기 초 야수파, 예를 들면 드랭을 상기시키는 대담하고 환상적인 색채로 다루어졌다. 그러나 결코 모작은 아니었다. 만약 그 그림이 1905년 야수파의 다른 그림들과 함께 가을 살롱전에 출품되었더라면 많은 사람들이 그 기묘함에 놀랐거나 다른 머나먼 곳에서 온 방문객의 불가사의한 향기에 당황했을 것이다. 실제로 이 그림은 사회주의 예술 이론이 리얼리즘을 엄격하게 요구하던 시절인 1955년에 그려졌다. 열정적인 모더니스트였던 작가는 그 당시 전 세계적으로 유행했던 방식, 다시 말해서 추상화 기법으로 그림을 그리고 싶었지만 동시에 자신의 작품을 전시하고 싶기도 했다. 그는 이데올로기의 요구와 예술가로서의 욕망이 서로 만나는 기적적인 지점을 발견해야 했다. 노동자들의 삶을 환기하는 초라한 집들은 이데올로기에게 바치는 조공이었고 격렬하고 비현실적인 색채는 자기 자신에게 주는 선물이었던 셈이다.

조제프는 1960년대에 이 화가의 작업실을 방문한 적이 있었다. 당의 교시가 힘을 잃기는 했지만 아직까지 화가가 원하는 것을 자유롭게 그릴 수 없었던 때였다. 천진난만하고 솔직했던 조제프는 새로운 그림들보다 예전 그림을 더 좋아했다. 민중 예술 성향의 야수파에 경도된 화가는 주저하지 않고 이 그림을 그에게 선물했다. 심지어 붓을 들고 자기 사인 옆에 조제프의 이름을 헌사로 적어 넣었다.

"이 화가를 잘 알지." 형이 말했다.

"그래. 그의 복슬강아지를 구해 준 적이 있지."

"그를 보러 갈 거니?"

"아니."

1989년 직후에 조제프는 자유로워진 상태에서 같은 화가가 그린 그림의 사진이 담긴 소포를 덴마크에서 받았다. 그림들은 당시 지구상에서 그려지는 다른 그림 수백만 점과 구분되지 않았다. 화가는 두 가지 승리를 자랑할 수 있었다. 그가 완전히 자유로워졌다는 점과 모든 사람들과 완전히 비슷해졌다는 점.

"이 그림이 여전히 좋니?" 형이 물었다.

"그래, 참 아름다워."

형은 머리를 움직여 그의 아내를 가리켰다. "카티가 이 그림을 좋아해. 매일 그 앞에 서 있지." 그리고 덧붙였다. "네가 떠난 다음 날, 너는 그걸 아버지에게 드리라고 했지. 아버지는 병원에 있는 사무실 책상 위에 그 그림을 걸어 두셨지. 카티가 그 그림을 얼마나 좋아하는지를 아셨던 아버지는 돌아가시기 전에 카티에게 물려주셨지." 잠시 침묵이 흐른 후 그는 말했다. "넌 상상할 수 없을 거야. 우리는 혹독한 세월을 겪었어."

조제프는 형수를 쳐다보면서, 자신은 그녀를 결코 좋아하지 않았다는 사실을 떠올렸다. 그녀에 대한 예전의 반감(그녀도 그에게 이러한 반감을 고스란히 돌려주었다.)이 이제는 어리석고 부질없어 보였다. 그녀는 서서 그림을 뚫어지게 바라보고 있었다. 그녀의 얼굴은 슬픈 무기력감을 드러내고 있었다. 조제프는 연민을 느끼며 형에게 말했다. "나도 알아."

형은 가족, 아버지의 길었던 임종 순간, 카티의 병, 딸의 결혼 실패와 조제프가 망명한 후 그의 입지가 몹시 약화되었던 병원에서의 음모 등에 대해 이야기하기 시작했다.

마지막 말에 질책의 어조는 없었지만, 형과 형수는 조제프가 무책임하다고 생각하는 것이 틀림없었다. 그의 망명을 정당화하기 위해 내세울 수 있는 이유가 별로 없다는 데 화가 난 그들이 그에 대해 증오심을 품고 이야기했으리라는 점을 의심치 않았다. 체제는 망명자의 친척들에게 손쉬운 삶을 허락하지 않았다.

18

식당에는 점심 식사가 준비되어 있었다. 대화는 수다스러워졌다. 형과 형수는 그가 없는 동안 일어났던 모든 일에 대해 알려 주고자 했다. 지난 몇십 년이 접시 위로 떠돌고 있었다. 그때 갑자기 형수가 그를 비난했다. "너 또한 광신의 세월을 보냈지. 네가 교회에 대해 뭐라고 말했니! 우리 모두는 너를 두려워했어."

그는 이 말에 놀랐다. "내가 두렵다고?" 형수는 물러서지 않았다. 그는 그녀를 쳐다보았다. 잠시 전까지만 해도 알아볼 수 없을 만큼 많이 변한 듯했던 그녀의 얼굴 위로 예전의 표정들이 되살아났다.

그들이 그를 두려워했다고 말하는 것은 사실 당찮은 말이다. 왜냐하면 형수는 열여섯 살에서 열아홉 살까지 고등학교 시절의 그를 기억할 뿐이기 때문이다. 그 당시 그가 신자들을

비웃었다 해도 그것은 공산주의 체제의 전투적 무신론과는
아무런 공통점이 없었으며 단지 일요일 미사에 빠짐없이 참
석해 조제프의 반항심을 자극했던 가족을 겨냥한 것이었다.
그는 혁명이 일어난 지 삼 년 뒤인 1951년에 대입 자격 시험에
합격했는데 수의학을 공부하겠다고 결심했을 때도 예의 반항
적 취미에 고무되었다. 환자들을 치료하고 인류에 봉사하는
것, 이것이 가족의 커다란 자긍심(그의 할아버지도 의사였다.)이
었다. 그런데 그는 인간보다 암소를 더 좋아한다고 그들 모두
에게 말했던 것이다. 그러나 그 누구도 그의 반항을 칭찬하지
도 비난하지도 않았다. 수의학은 사회적으로 훨씬 명망이 떨
어지는 것으로 간주되었기 때문에 그의 선택은 야망의 결핍,
가족 내에서 형 다음의 위치로 물러나겠다는 동의로 받아들
여졌다.

당황한 그는 청소년 시절 자신의 심리 상태를 설명하려고
했다. 그러나 그를 주시하는 형수의 굳은 미소가 그가 말하는
모든 것에 대한 확고부동한 거부를 나타냈기 때문에 입이 떨
어지지 않았다. 그는 아무것도 할 수 없음을 깨달았다. 삶에
실패한 사람들은 죄인 사냥을 나선다. 이것이 불변의 법칙과
도 같다는 사실을 깨달았다. 조제프는 두 가지 의미에서 죄인
이었다. 신에 대해 나쁘게 말했던 청소년, 그리고 망명을 떠났
던 성인. 그는 그 어떤 것도 설명하고 싶은 욕구를 상실했다.
섬세한 수완가인 그의 형은 대화 주제를 다른 곳으로 돌렸다.

그의 형. 의대 2년차이던 그는 부르주아 출신이라는 이유로
1948년 대학에서 추방되었다. 조만간 학업에 복귀해서 그의

아버지처럼 외과 의사가 되겠다는 희망을 잃지 않기 위해서
그는 어느 날 마지못해 공산당에 입당해서 1988년까지 남아
있을 정도로 공산당의 마음에 들고자 모든 노력을 기울였다.
두 형제의 길은 서로 멀어졌다. 형은 학업에서 쫓겨나고 자신
의 신념을 부정해야 했다. 그는 자신이 희생자라고 느꼈다.(앞
으로도 항상 그렇게 느낄 것이다.) 훨씬 인기가 없고 감시도 소홀
했던 수의사 학교에 다니던 둘째는 체제에 충성심을 과시할
필요가 없었다. 형이 보기에 동생은 모든 것으로부터 도망칠
줄 아는 운 좋은 녀석 같았다.(앞으로도 그럴 것이다.) 도망자.

　1968년 8월 소련 군이 나라를 침공했다. 일주일 동안 모든
도시의 거리들은 분노로 울부짖었다. 그만큼 체코가 조국으
로, 체코인이 체코인으로 느껴진 적도 없었다. 증오로 가득
차서 조제프는 탱크에 몸이라도 던질 각오였다. 체코의 정치
인들은 체포되었고, 모스크바로 압송되어 강제로 평화 조약
을 맺어야 했다. 체코인들은 여전히 분노하고 있었지만 집으
로 돌아갔다. 그 후 약 열네 달 뒤에, 체코인들에게도 국경일
로 강요된 러시아 10월 혁명 52주년 기념일을 맞았다. 그는 진
료실이 있는 마을에서 다른 쪽 끝에 살고 있는 가족을 보러 가
기 위해 자동차에 올라탔다. 마을에 도착하자 그는 속도를 낮
추었다. 그는 소련에 대한 굴복의 신호에 지나지 않는 붉은 깃
발이 얼마나 많은 창문들에 걸려 있을지 궁금했다. 예상했던
것 이상이었다. 아마도 깃발을 내건 사람들은 자신들의 신념
과는 반대로, 혹은 신중함 때문에, 혹은 막연한 두려움 때문에
그렇게 행동했을 것이다. 그들의 확신과는 반대로, 신중하게,

막연한, 그러나 어쨌든 아무도 그들에게 강요하거나 그들을 위협하지 않았다는 점에서는 자발적이었다. 그는 고향집 앞에 멈추어 섰다. 형이 살고 있는 이 층에는 끔찍하게 붉은 커다란 깃발이 빛나고 있었다. 그는 차에서 내리지 않고 오랫동안 그 깃발을 쳐다보았다. 그리고 난 다음 시동을 걸었다. 돌아오는 도중에 그는 이 나라를 떠날 것을 결심했다. 그가 여기서 살 수 없다는 것은 아니다. 아주 조용히 이곳에서 암소들을 돌볼 수도 있었을 것이다. 그러나 그는 혼자였으며, 이혼을 했고 자식도 없이 자유로웠다. 인생은 단 한 번뿐이며 그 인생을 다른 곳에서 살고 싶다고 생각했다.

19

점심 식사가 끝날 무렵 커피잔을 앞에 두고 조제프는 그의 그림을 생각했다. 그는 어떻게 그것을 가져갈 것인가, 그것이 비행기 자리를 너무 차지하지 않을까 자문해 보았다. 그림을 액자에서 끄집어내서 둥글게 마는 게 더 낫지 않을까?

그가 막 그것을 말하려고 하는 참에 형수가 말을 꺼냈다.

"N을 보러 갈 거지?"

"아직 모르겠어."

"좋은 친구였잖아."

"항상 내 친구지."

"1948년엔 모든 사람들이 그 사람 앞에서 떨었지. 붉은 경찰! 그런데 너를 위해서는 많은 일을 했어, 그렇지 않니? 너는 그 사람에게 고마워해야 해!"

형은 아내의 말을 서둘러 가로막고는 조제프에게 작은 상자를 내밀었다. "아버지가 너에 대한 추억으로 간직했던 거야. 돌아가신 후에 발견했지."

형은 곧 병원으로 향해야 했다. 그들의 만남은 끝나 가고 있었고 조제프는 그의 그림이 대화에서 사라졌음을 확인했다. 어떻게 형수는 그의 친구 N은 기억하면서 그의 그림은 잊어버릴 수가 있을까? 아무리 그가 유산 전부와 자기 몫의 집을 포기할 각오였다 하더라도, 이 그림은 화가 이름 옆에 새겨진 자신의 이름이 보여 주듯 자신의 것, 자신만의 것이었다! 어떻게 그녀와 형은 그 그림이 그의 것이 아닌 척할 수 있단 말인가?

분위기가 갑자기 무거워지자 형이 재미있는 얘기를 하기 시작했다. 조제프는 듣지 않았다. 그는 자신의 그림을 요구하기로 결심했다. 그 일에 온통 정신이 팔려 있는데 형의 손목에 있는 시계에 우연히 눈길이 머물게 되었다. 그는 그 시계를 알아보았다. 커다랗고 조금은 유행이 지난 검정 시계. 자신의 아파트에 남아 있던 그 시계를 형이 가졌던 것이다. 아니, 조제프가 화를 낼 어떤 이유도 없었다. 모든 것이 자신의 지시에 따라 이루어졌으니까. 그러나 자기 시계가 다른 사람 손목에 있는 것을 보자 그는 이상한 불편함에 사로잡혔다. 마치 이십 년이 지나서 무덤에서 튀어나온 시체가 세상을 다시 발견한 것과 같은 느낌이었다. 걷는 습관을 잃어버린 시체는 소심한 발로 땅과 접촉한다. 자기가 알았던 세계를 거의 알아보지 못하지만 삶의 흔적들에 끊임없이 부딪힌다. 그는 너무나 자연스럽게 자신의 것을 나누어 가진 살아 있는 자들의 육체에서 자신의 바지와 넥타이를 본다. 그는 모든 것을 보지만 어떤 것도 자신의 것이라고 요구하지 않는다. 죽은 자들은 소심한 법이니까. 죽은 자들의 소심함에 사로잡힌 조제프는 그의 그림에 대해 단 한 마디도 할 수 없었다. 그는 자리에서 일어났다.

"저녁에 다시 와. 저녁 식사나 같이 하자." 형이 말했다.

조제프는 갑자기 아내의 얼굴을 떠올렸다. 그는 그녀에게 말을 걸고 싶은 강한 욕구를 느꼈다. 그러나 그렇게 할 수 없었다. 형이 대답을 기다리며 그를 쳐다보았다.

"미안해, 시간이 별로 없어. 다음에 해." 그리고 둘은 손을 꼭 잡았다.

호텔로 돌아오는 길에 아내의 얼굴이 또다시 떠올라 그는 벌컥 화를 냈다. "당신 잘못이야. 여기에 가야 한다고 말한 건 당신이었어. 나는 원치 않았지. 내겐 돌아오고 싶은 마음이 조금도 없었어. 하지만 당신은 동의하지 않았지. 여기에 오지 않는 것은 비정상적이고 용서받지 못할 뿐 아니라 야비하기까지 한 일이라고 했지. 아직도 당신이 옳다고 생각해?"

방에 돌아온 그는 형이 준 상자를 열어 보았다. 그 속에는 우선 엄마, 아버지, 형 그리고 수없이 많이 등장하는 어린 조제프의 모습이 담긴 앨범이 있었다. 그는 그것을 한쪽 옆에 따로 보관해 두었다. 동화책 두 권은 휴지통에 버렸다. "엄마의 생일을 축하하며"라는 헌사와 그의 서툰 사인이 있는, 색연필로 그린 어린아이의 그림, 이것도 버렸다. 그다음으로 공책이 나오자 그것을 펼쳐 보았다. 중고등학교 시절 일기장. 어떻게 일기장을 부모님에게 맡겨 둘 수 있었을까?

날짜는 공산주의가 체코에 들어온 처음 몇 해부터 시작되었지만 그의 기대와는 달리 학교 여자애들과의 만남을 묘사한 글들만 발견할 수 있었다. 그는 조숙한 방탕아였는가? 결코 아니었다. 차라리 숫총각에 가까웠다. 그는 무심코 뒤적이다가 어떤 여자아이에 대한 질책에 시선을 멈추었다. "너는 사랑에서 중요한 건 육체뿐이라고 내게 말했지. 하지만 만약 어떤 남자가 너의 육체에만 정신이 팔려 있다고 고백한다면 아마 줄행랑을 칠 거야. 그러고는 참을 수 없는 고독이 무언지 이해하게 될 거야."

고독. 이 단어가 자주 나타났다. 그는 고독의 무시무시한 광경을 그려서 여자들에게 겁을 주려고 했다. 여자들이 자신을 사랑하도록 하기 위해 그는 마치 신부님처럼 그들에게 설교했다. 성(性)이 감정을 벗어나면 무한한 사막처럼 펼쳐지고 우리는 그 사막에서 슬픔으로 죽게 된다.

그는 계속 읽었지만 아무것도 기억하지 못한다. 이 생소한 남자가 그에게 와서 무슨 말을 하는 것일까? 예전에 자신이 여기서 이런 이름으로 살았다는 사실을 상기시켜 주려고? 조제프는 일어나서 창가로 갔다. 광장은 늦은 오후의 태양으로 환히 빛났고 커다란 벽에 그려진 두 손이 이번에는 아주 뚜렷이 보였다. 하나는 희고 다른 하나는 검었다. 그 위에는 세 문자로 된 약어가 '안전'과 '연대'를 기약한다. 틀림없이 국가가 새로운 시대의 슬로건을 채택했던 1989년 후에 그려진 그림이었다. 모든 인종 간의 박애, 모든 문화의 융합, 만인의 동질성.

포스터 위에서 악수하는 손의 모습, 조제프는 그것을 이미 본 적이 있었다! 러시아 병사의 손을 잡고 있는 체코 노동자! 이러한 선전 이미지는 아무리 혐오스럽다 하더라도 체코인들의 역사의 일부분임에 틀림없다! 그들은 수많은 이유 때문에 러시아인들의 손이나 독일인들의 손을 잡거나 뿌리쳤기 때문이다. 그러나 검은 손이라니? 이 나라 사람들은 흑인이 있다는 사실조차 잘 알지 못한다. 그의 어머니는 평생 흑인을 단 한 명도 본 적이 없다.

그는 광장의 배경을 예전과는 완전히 다르게 만들어 놓은, 교회의 종보다 큰 이 거대한 손이 하늘과 땅 사이에 걸쳐 있는 것을 본다. 마치 친구들과 산책을 하면서 거리 위에 남긴 흔적을 찾듯이 그는 눈 아래 광장을 오랫동안 바라본다.

"학교 친구들." 그는 유년 시절, 방황하며 지나가 버린 시간, 고아처럼 버려진 슬픈 시간의 향기(거의 느껴지지 않는 미약한!)를 맡으려고 천천히 낮은 목소리로 발음해 본다. 그러나 이레나가 프랑스 지방 도시에서 느꼈던 것과는 정반대로, 그는 문득 나타나는 이 과거에 대해 아무런 애정도 느끼지 못했다. 돌아가고 싶은 어떠한 욕구도. 무관심밖에는 다른 어떤 감정도 느끼지 못했다.

만약 내가 의사라면 그의 경우 이렇게 진단을 내릴 것이다. "이 환자는 향수병 결핍이라는 병을 앓고 있다."

21

그러나 조제프는 자신이 환자라고 생각하지 않는다. 그는 자신이 명석하다고 생각한다. 향수병 결핍은 그에게 지나간 삶이 별다른 가치가 없었다는 증거다. 그러므로 나의 진단을 다음과 같이 정정한다. "환자는 기억의 피학증적 왜곡이라는 병을 앓고 있다." 실제로 그는 자신에 대해 불만스러운 상황들만 기억한다. 그는 자신의 유년기를 좋아하지 않는다. 그러나 어린 시절 자신이 원했던 모든 것을 갖지 않았던가? 그의 아버지는 환자들로부터 존경을 받지 않았던가? 그의 형은 그것을 자랑스럽게 생각하는 데 반해 왜 그는 그렇지 못했는가? 어린 시절 그는 친구들과 자주 싸웠고, 용감하게 싸웠다. 그는 자신이 거둔 모든 승리는 다 잊어버렸지만 자신보다 약하다고 생각했던 친구가 어느 날 그를 땅바닥에 쓰러뜨리고 큰 목소리로 열을 셀 동안 바닥에서 꼼짝도 못 했던 사실은 항상 기억할 것이다. 오늘날까지도 그는 땅바닥의 이러한 굴욕적 압박을 피부로 느낀다. 그가 아직 보헤미아에서 살던 시절, 오래전부터 그를 알았던 사람들을 만나면 놀랍게도 사람들은 그를 마음씨 좋고(그는 자신이 한 치사한 짓만을 기억했다.) 재기발랄하며(그는 자신이 지루하다고 믿었다.) 용감한 사람으로 기억했다.

그는 기억이 자신을 증오하며 스스로를 비방하게만 한다는 점을 아주 잘 알았다. 그래서 그는 기억을 믿지 않고 자기 자신의 삶에 보다 관대해지려고 노력했다. 그러나 쓸데없는 짓이었다. 그는 과거를 되돌아보는 일에 어떠한 즐거움도 느끼지 못했으며 가능한 한 그렇게 하지 않으려고 했다.

그가 다른 사람들과 자기 자신을 설득하는 바에 따르면, 그가 나라를 떠난 이유는 자신이 예속되고 모욕당하는 것을 더이상 참을 수 없었기 때문이다. 그가 말한 것은 사실이다. 그러나 대부분의 체코인들도 그처럼 예속되고 모욕당한다고 느꼈으나 외국으로 달려가지 않았다. 그들이 남아 있었던 까닭은, 그들이 서로 사랑했으며 그들의 삶이 펼쳐지는 장소와 뗄 수 없는 자신들의 삶을 사랑했기 때문이다. 그러나 그의 기억은 고국에서의 삶을 소중한 것으로 간직할 수 있게 하는 어떤 추억도 만들어 주지 않았기 때문에 그는 아무런 후회 없이 국경을 넘었다.

외국에서 그는 나쁜 기억을 잊었는가? 그렇다. 왜냐하면 거기에서는 조제프가 더 이상 떠나온 나라에 대한 기억에 전념할 이유도, 그럴 기회도 없었기 때문이다. 피학증적 기억의 법칙은 다음과 같다. 그의 인생의 주요 부분들이 망각 속에서 무너짐에 따라 인간은 그가 사랑하지 않은 것으로부터 벗어나서 더 가볍고, 자유로워짐을 느낀다.

특히 조제프는 외국에서 사랑에 빠졌으며, 사랑은 현재 순간의 고양이다. 현재에 대한 그의 집착은 기억들을 쫓아냈으며 기억의 개입으로부터 그를 보호해 주었다. 그의 기억은 여전히 적의를 품고 있었으나, 무시되고 격리된 기억은 그에 대한 힘을 잃어버렸다.

22

우리가 뒤에 남겨둔 시간이 거대하면 할수록 우리에게 되돌아갈 것을 권유하는 목소리는 더욱더 매력적으로 다가온다. 이러한 격언은 자명한 이치처럼 보이지만 사실은 틀렸다. 사람이 늙어 가고 종말이 다가오면 매 순간이 점점 더 소중해지며 그의 추억들과 허비할 시간이 없게 된다. 향수병의 수학적 역설을 이해해야 할 필요가 있다. 향수가 가장 강할 때는 소년기, 즉 지나간 삶의 부피가 대단히 적을 때다.

조제프가 고등학생이었던 시절 어슴푸레한 기억으로부터 나는 한 소녀가 나오는 것을 본다. 그녀는 날씬하고 아름다우며 순결하고, 한 소년과 막 이별을 한 뒤라 우울하다. 그녀의 첫 번째 실연이고, 그것 때문에 괴로워하지만 그 고통은 시간을 발견할 때 느끼는 놀라움에 비하면 강하지 않다. 그녀는 예전과는 너무나 다르게 시간을 바라본다.

그때까지 시간은 흘러가면서 미래를 집어삼키는 현재의 모습으로 그녀에게 나타났다. 그녀는 그 속도를 두려워하거나(고통스러운 어떤 것을 기다릴 때.) 아니면 그 느림에 분노했다.(아름다운 어떤 것을 기다릴 때.) 이제 시간은 그녀에게 완전히 다르게 나타난다. 그것은 더 이상 미래를 사로잡는 의기양양한 현재가 아니다. 그것은 과거에 사로잡혀, 무릎을 꿇고 패배한 현재다. 그녀는 한 청년이 자신의 삶에서 떨어져 나가서 영원히 접근할 수 없는 먼 곳으로 가 버리는 것을 본다. 넋을 잃은 그녀가 할 수 있는 일이라곤 멀어져 가는 삶의 편린을 쳐다보는 일뿐이었다. 그녀는 그것을 바라보며 괴로워할 수밖에 없었다. 그녀는 향수병이라는 완전히 새로운 감정을 느낀다.

이러한 감정, 돌아가고자 하는 거역할 수 없는 욕구는 그녀에게 과거의 존재, 과거의 힘, 그녀의 과거의 힘을 단번에 드러냈다. 그녀 인생의 집에, 뒤를 향해, 자신이 겪어 온 것을 향해 열린 창문들이 나타났다. 그 후로 이러한 창문들이 없다면 그녀의 삶은 더 이상 생각할 수 없을 것이다.

어느 날 그녀는 새 연인(물론 이상적인 연인)과 마을 근처 숲 속에서 길을 걷고 있었다. 몇 달 전에 이전의 연인(헤어진 후에 그녀에게 첫 번째 향수병을 갖게 했던 사람)과 산책을 했던 것도 바로 이 길이었다. 이러한 우연의 일치에 그녀는 흥분했다. 일부러 그녀는 숲으로 난 길의 교차로에 있는 버려진 작은 예배당을 향해 갔다. 바로 그곳에서 그녀의 첫 번째 연인이 그녀를 포옹하고자 했기 때문이다. 억누를 수 없는 유혹이 그녀에게 지나간 사랑의 순간들을 다시 체험해 보도록 했다. 그녀는 두 사랑 이야기들이 서로 교차하고, 서로를 흉내 내고 뒤섞이면서 커지기를 기대한다.

지난날의 연인이 이곳에서 그녀를 껴안기 위해 멈추어 서려고 했을 때, 행복하고도 혼란스러워진 그녀는 발걸음을 재촉하면서 그의 행동을 가로막았다. 이번에는 무슨 일이 벌어질까? 오늘날의 연인도 발걸음을 늦추고 그녀를 껴안을 만반의 태세를 하고 있다! 이러한 반복에(이러한 반복의 기적에) 황홀해진 그녀는 유사성의 요구에 복종하고는 그의 손을 잡고 빠른 걸음으로 나아간다.

그 후로 그녀는 현재와 과거 사이의 유사성과 순간적인 접촉에 매료되었으며, 있었던 것과 지금 있는 것 사이의 거리, 그녀 삶의 시간적 차원(그토록 놀랍고도 새로운)을 느끼게 하는 이러한 메아리와 상응, 공명음을 찾았다. 이렇게 해서 그녀는 청소년기로부터 벗어나 성숙해지고 어른이 된다는 인상을 갖는다. 그녀에게 있어 성숙해진다는 것은, 삶의 편린을 자신의 뒤에 던져두고 그것을 되돌아보기 위해 고개를 돌릴 줄 아는 것, 즉 시간을 안다는 것을 의미한다.

어느 날 그녀는 새 연인이 푸른색 외투를 입고 그녀에게로 달려오는 것을 보고는 역시 푸른색 옷을 입은 그녀의 첫 번째 연인이 자신의 마음을 설레게 했던 것을 떠올린다. 어떤 날은 그가 자신을 뚫어지게 쳐다보더니 아주 엉뚱하고 은유적인 표현으로 그녀 눈의 아름다움을 칭찬한다. 첫 번째 연인도 그녀의 눈에 대해 한마디 한마디가 똑같은 엉뚱한 문장으로 그녀에게 말했기 때문에 그녀는 이러한 사실에 매혹된다. 이러한 우연의 일치에 그녀는 감탄한다. 지나간 사랑에 대한 향수가 새로운 사랑의 놀라움과 뒤섞일 때만큼 아름다움에 젖어 있다고 느낀 적도 없었다. 그녀가 지금 겪고 있는 이야기에 지난날의 연인이 끼어드는 것이 은밀한 부정으로 변하는 것이 아니라 오히려 옆에서 걷고 있는 사람에 대한 애정을 증가시킨다.

훨씬 나이가 들어서 그녀는 이러한 유사성에서 개인들 간의 유감스러운 획일성(포옹하기 위해서 모두 다 똑같은 곳에 멈추어 서고, 똑같은 복장을 선호하며 똑같은 은유로 여자를 꼬신다.)과 사건들의 따분한 단조로움(동일한 것의 영원한 반복에 지나지 않는)을 보게 될 것이다. 그러나 청소년기에 그녀는 이러한 우연의 일치를 기적으로 받아들였으며 그 의미를 해독하고 싶어 했다. 지금의 연인이 이상하게도 예전 연인과 닮았다는 사실은 그를 더욱더 특별하고 유별난 사람으로 보이게 했다. 그녀는 그와의 만남이 숙명적이라고 생각한다.

23

아니, 일기에는 정치에 대한 어떠한 언급도 없었다. 감상적 사랑의 이상이 배경에 깔려 있는 공산주의 초기의 청교도적 분위기를 제외하면 그 시대의 어떠한 흔적도 발견할 수 없었다. 조제프는 숫총각의 고백에 눈길이 끌렸다. 그는 소녀의 가슴을 만질 용기는 쉽게 냈지만 엉덩이를 만지기 위해서는 자신의 부끄러움을 이겨 내야만 했다. 그에겐 정확하게 기록해 두는 센스가 있었다. "어제 만나는 동안 나는 D의 엉덩이를 단 두 번밖에 만지지 못했다."

엉덩이에 위축된 그는 더욱더 감정들을 갈구했다. "그녀는 내게 사랑을 약속했으며, 같이 자겠노라는 약속을 받아 낸 것은 나의 승리다……."(분명 그에게는 사랑의 증거로 성교가 육체적 행위 그 자체보다 더 중요했다.) "……그러나 나는 실망했다. 우리 만남에는 어떠한 황홀함도 없었다. 우리가 같이 잘 것을 생각하니 질려 버린다." 그리고 훨씬 뒤에 나오는 글귀. "진정한 열정에 뿌리 박지 않은 변함 없는 사랑이란 얼마나 피곤한 것인가."

황홀감, 같이 사는 삶, 변함없는 사랑, 진정한 열정. 조제프는 이 말들에 주의를 집중한다. 미숙한 소년에게 그 말들이 무엇을 의미할 수 있겠는가? 그 말들은 엄청났지만 모호했으며, 그 힘은 바로 이 모호함에 있었다. 그는 자신이 알지 못하며 이해하지 못하는 특이한 감정들을 찾고 있었다. 그는 그것들을 자신의 연인에게서(그 얼굴 위에 나타나는 사소한 감정을 엿보면서) 찾기도 하고 자기 자신에게서(끝없는 반성의 시간 동안) 찾기도 했으나 항상 좌절했다. 바로 그때 그는 다음과 같이 기록했다.(조제프는 이러한 표현이 보여 주는 놀라운 명민함을 인정해야 한다.) "그녀에게 연민을 느끼고자 하는 욕망과 그녀를 괴롭히고자 하는 욕망은 동일한 욕망이다." 그리고 실제로 그는 이 문장에 이끌리듯 행동했다. 연민을 느끼기 위해서 (연민의 황홀경에 도달하기 위해서) 그는 그녀가 괴로워하는 것을 볼 수 있도록 모든 노력을 기울였다. 그는 그녀를 고문했다. "나는 그녀에게 내 사랑에 대한 의혹을 불러일으켰다. 그녀는 내 팔에 안겼고 나는 그녀를 위로해 주었으며 나는 그녀의 슬픔에 잠겼고 잠시 동안 작은 흥분이 내 속에서 용솟음 치는 것을 느꼈다."

조제프는 이 숫총각을 이해하고 그의 입장이 되어 보려고 했지만 그럴 수 없다. 가학증이 섞인 이러한 감상주의, 이 모든 것은 그의 취미와 그의 성격과는 정반대다. 그는 일기장의 흰 종이를 찢어서 연필을 들고는 다음 문장을 다시 써 본다. "나는 그녀의 슬픔에 잠겼다." 그리고 이 두 가지 필체를 오랫동안 쳐다본다. 예전 필체가 약간 서툴지만 글자들은 오늘날과 똑같은 형태다. 이러한 유사성은 그를 불쾌하게 하고 성가시게 하며 화나게 한다. 어떻게 그토록 낯설고 정반대인 두 존재의 필체가 똑같을 수 있단 말인가? 그와 이 조무래기를 똑같은 사람으로 만드는 이 공통된 본질은 어디에 있는가?

24

숫총각에게도 여고생에게도 틀어박힐 아파트가 없었다. 그녀가 그에게 약속했던 성교는 아직도 먼 여름 방학으로 연기되어야만 했다. 그사이 그들은 반복되는 대화와 오직 가벼운 애무만을 하면서 길거리나 숲속 길에서 손을 잡고 다니며 시간을 보냈다.(그때의 젊은 연인들은 지칠 줄 모르는 보행자들이었다.) 전혀 황홀하지 않은 이 사막에서 어느 날 그는 그녀에게 곧 프라하로 이사 갈 것이기 때문에 이별이 불가피하다고 선언했다.

조제프는 자신이 읽고 있는 것에 놀란다. 프라하로 이사 간다고? 그의 가족은 살던 도시를 떠나려 한 적이 없다. 따라서 이런 계획은 간단히 말해 불가능했다. 그리고 갑자기 불쾌하게 살아서 존재하고 있는 기억이 망각으로부터 떠올랐다. 그는 숲속 길 위에서 이 소녀를 마주 보고 서서는 그녀에게 프라하에 대해 말하고 있다! 그는 자신의 이사에 대해 말하고 있다. 그는 거짓말을 하고 있다! 그는 거짓말쟁이다. 그는 생생히 떠올릴 수 있다. 그는 자신이 말하는 것을, 여고생이 우는 것을 보기 위해 거짓말하는 것을 본다.

그는 읽는다. "그녀는 울음을 터뜨리며 나를 안았다. 나는 그녀의 고통이 표출될 때마다 몹시 촉각을 곤두세웠으나 그녀가 정확히 몇 번 울음을 터뜨렸는지 기억하지 못해 유감이다."

이것이 가능한 일인가? "그녀의 고통이 표출될 때마다 몹시 촉각을 곤두세우고" 그녀가 몇 번 울었는지 헤아려 보았다니! 셈을 하는 이 고문 집행인! 이것은 느끼고, 살고, 음미하고, 사랑을 성취하는 그 나름의 방식이었다! 그는 그녀를 두 팔로 껴안았으며, 그녀가 울음을 터뜨리자 그 횟수를 세었다!

그는 계속해서 읽는다. "그녀가 냉정을 되찾고 내게 말했다. '죽을 때까지 사랑이 변치 않았던 그 시인들을 이제 이해하겠어.' 그녀는 나를 향해 머리를 들었고 그녀의 입술은 파르르 떨리고 있었다." 일기에는 "파르르 떨리고 있었다."란 말이 강조되었다.

그의 대답과 파르르 떨리고 있는 그녀의 입술에 대해 그는 기억하지 못한다. 그가 간직하고 있는 유일한 기억은 그가 프라하로 이사 간다고 그럴듯하게 거짓말을 하던 순간이다. 다른 어떤 것도 그의 기억 속에 남아 있지 않다. 그는 가수나 테니스 선수 들이 아니라 시인들의 이름을 댔던 이 이국적인 생김새의 소녀를 보다 분명히 기억하려고 노력했다.

"죽을 때까지 사랑이 변치 않았던" 그 시인들. 그는 정성 들여 기록된 이 시대 착오적인 문장을 음미하면서 기분 좋을 만큼 구식인 이 소녀에 대해 점점 더 애정을 느낀다. 그녀가 잘못한 일이 있다면 그녀를 괴롭히려고만 했던 고약한 조무래기를 사랑했다는 것이다.

아, 이 조무래기. 그는 소녀의 의지와는 상관없이 파르르 떨리고 있는, 통제되지 않는 그녀의 입술을 쳐다본다. 그는 마치 오르가슴(그게 뭔지도 모르는 여자의 오르가슴)을 엿보았을 때처럼 그 광경에 흥분되었음에 틀림없다! 그는 아마 발기했을 것이다. 틀림없이!

이젠 지긋지긋해! 조제프는 페이지를 넘기고는 그 여고생이 일주일 동안 높은 산에 반 친구들과 함께 스키를 타러 갈 것임을 알게 된다. 그 조무래기는 반대했고 절교하겠노라고 그녀를 위협했다. 그녀는 단지 학교의 의무적인 수업의 일환일 따름이라고 설명했다. 그는 아무것도 듣지 않으려 했으며 화를 내기 시작했다.(여전히 황홀경! 분노의 황홀경!) "네가 만일 거기에 가면 우리 사이는 끝장이야. 맹세하건대 끝장이야."

그녀는 그에게 뭐라고 대답했는가? 그의 히스테릭한 감정의 분출을 들었을 때, 그녀의 입술은 파르르 떨렸는가? 분명코 그렇지 않다. 왜냐하면 입술의 이러한 통제되지 않은 움직임, 처녀의 오르가슴은 그를 몹시도 흥분시켰기 때문에 그가 이를 언급하지 않았을 리 없기 때문이다. 분명히 이번에는 그가 자신의 힘을 과대 평가했던 셈이다. 왜냐하면 더 이상 이 여고생을 환기시키는 기록이 없기 때문이다. 그 뒤로는 다른 여자애와의 만남에 대한 몇 가지 싱거운 묘사들만이 있을 뿐이다.(그는 몇 줄 건너뛴다.) 일기는 7학년 말(체코의 고등학교는 8학년까지 있다.)에 끝난다. 정확히 말해서 그보다 연상의 여자(이 여자에 대해서 그는 잘 기억한다.) 덕분에 육체적 사랑을 발견하고 그의 인생이 다른 궤도에 오르게 되었을 때 그는 이 모든 것을 더 이상 기록하지 않았다. 그리고 일기는 그것을 쓴 사람이 순결을 잃자 끝났다. 그의 삶의 아주 짧은 장이 끝났으며 그것은 잊힌 대상들의 희미한 선반에 처박혔다.

그는 일기장을 잘게 찢기 시작했다. 틀림없이 과장되고 쓸데없는 짓이지만 그는 자신의 혐오감이 제멋대로 흘러가도록 내버려둘 필요를 느낀다. 어느 날(비록 악몽 속에서일지라도) 그가 그 조무래기와 혼동되지 않고 매도당하지 않기 위해서, 그의 말과 행위 들을 책임지지 않기 위해서 이 조무래기를 없애 버려야 한다!

25

그때 전화벨이 울렸다. 그는 공항에서 만난 여자를 떠올리고는 수화기를 들었다.

"당신은 나를 잘 모르시겠지요."라는 목소리가 들려왔다.

"아니야, 아니야. 잘 알아. 그런데 왜 갑자기 그렇게 공손한 거지?"

"그럼 편하게 하죠. 하지만 누구하고 말하고 있는지 모를 거예요."

그래, 이 여자는 공항에서 만난 여자가 아니었다. 불쾌하게 콧소리를 내는 사람들 가운데 하나였다. 그는 곤경에 빠졌다. 그녀는 자신을 소개했다. 삼십 년 전에 그가 몇 달간 같이 살다가 이혼했던 여자가 전남편에게서 낳은 딸이라는 것이었다.

"솔직히 누구랑 통화하는지 모르겠네." 그는 억지로 웃으면서 말했다.

이혼한 후로 그는 전처나, 기억 속에서는 여전히 어린아이로 남아 있는 그녀의 딸을 다시 보지 않았다.

"당신에게, 말해야겠어요, 아니, 해야만 해." 그녀가 말투를 바꾸며 말했다.

이러한 친밀감이 불쾌했기 때문에 그는 그녀에게 말을 놓은 것을 후회했지만 더 이상 어쩔 도리가 없었다. "내가 여기에 있는지 어떻게 알았지? 아무도 모르는데."

"아무려면 어때요."

"뭐라고?"

"당신 형수가 일러 줬어요."

"네가 형수를 아는 줄은 몰랐다."

"엄마가 알죠."

갑자기 그는 두 여자들 사이에 자발적으로 유대감이 형성된 것을 깨달았다.

"그러니까 네 엄마 대신 네가 전화하는 거냐?"

무감각한 목소리가 고집스러운 어조로 변했다. "당신하고 말해야겠어요. 당신에게 말해야만 해."

"네가, 아니면 네 엄마가?"

"나."

"우선 무슨 일인지 말해 보렴."

"나를 보고 싶어요? 보고 싶지 않아요?"

"제발 무슨 일인지 말해 달라니까."

무감각했던 목소리는 이제 공격적이 되었다. "나를 보고 싶지 않다면 솔직히 그렇다고 이야기해요."

그는 그녀의 고집이 싫었으나 거절할 용기가 없었다. 만나자고 하는 이유를 밝히지 않은 것이 딸의 입장에서는 효과적인 아이디어였다. 그는 불안했다.

"나는 여기 단 며칠만 머무를 거다. 바빠. 부득이한 경우라면 삼십 분 정도는 시간을 낼 수 있지만……." 그러고는 자신이 떠나는 날 프라하의 어느 카페에서 만나자고 일러 주었다.

"아마 안 오겠죠."

"갈 거야."

전화를 끊자 그는 구역질 같은 것을 느꼈다. 그녀들은 내게서 무엇을 원하는가? 충고? 충고가 필요할 때는 공격적이지 않은 법이다. 그들은 나를 귀찮게 하고 싶은 것이다. 자신들이 존재한다는 것을 증명하고 그에게 시간을 내게 하고 싶은 것이다. 그러면 그는 왜 그녀에게 시간을 내주었는가? 호기심 때문에? 어림없는 소리! 그가 양보한 건 두렵기 때문이었다. 그는 오랜 반사신경에 굴복했다. 스스로를 방어하기 위해 그는 항상 모든 것에 대해 정확히 알고 싶어 했다. 그러나 자신을 방어한다니? 오늘날? 어떤 위험에 대처하기 위해서? 물론 어떠한 위험도 없었다. 아주 간단히 말해서 전처 딸의 목소리는 그를 오랜 기억의 어렴풋한 분위기에 빠져들게 했다. 음모, 부모님의 개입, 유산, 오열, 중상 모략, 공갈 협박, 감정의 공격성, 분노의 장면들, 익명의 편지들, 수위들의 음모.

우리가 뒤에 남겨 둔 삶은 어둠 밖으로 나가려고 하고, 우리에게 불평을 늘어놓고 우리를 비난하려는 나쁜 습관을 갖고 있다. 조제프는 보헤미아로부터 멀리 떨어져서 그의 과거에 대해 될 수 있으면 생각하지 않으려고 했다. 그러나 과거는 그를 기다리고 관찰하면서 거기에 있었다. 불편해진 조제프는 다른 것을 생각해 보려고 했다. 그러나 자신의 과거 나라를 보러온 사람이 과거가 아니면 도대체 무엇을 생각할 수 있겠는가? 남은 이틀 동안 그는 무엇을 할까? 자신의 동물 병원이 있었던 도시를 방문할까? 측은해진 마음으로 그가 살던 집 앞에 멈추어 설까? 그러고 싶은 생각은 조금도 없었다. 예전에 알던 사람들 가운데 정말로 만나고 싶은 사람이라도 있는가? N의 모습이 떠올랐다. 예전에 혁명 광신자들이 조제프를 자신도 모르는 죄목으로 비난했을 때(그 당시 모든 사람들이 자신도 모르는 죄목으로 비난당했다.) 대학에서 영향력이 있었던 N은 자기 의견이나 가족은 아랑곳하지 않고 그를 옹호해 줬다. 그래서 그들은 친구가 되었는데 조제프가 자책할 만한 것이 있다면 망명 생활 중 그를 거의 잊어버렸다는 점이다.

"붉은 경찰! 모든 사람들이 그 앞에서 떨었지!" 형수는 조제프가 자기 욕심 때문에 체제 측 인사와 사귀었다는 투로 말했다. 역사의 격변에 뒤흔들린 가련한 나라들! 전투가 끝나자 모든 사람들은 죄인들을 뒤쫓으러 성급하게 과거로 달려나갔다. 그러나 누가 죄인이란 말인가? 1948년에 승리했던 공산주의자들인가? 아니면 패배했던 그들의 적들인가? 모든 사람들이 죄인들을 뒤쫓았으며 모든 사람들이 뒤쫓겼다. 조제프의 형이 학업을 계속하기 위해 입당했을 때 그의 친구들은 그를 출세지상주의자라고 비난했다. 때문에 그는 자신으로 하여금 비겁한 짓을 할 수밖에 없게 만든 공산주의를 더욱더 증오하게 되었다. 또한 그의 부인은, 혁명 이전부터 확신에 찬 공산주의자이자 가장 중대한 악의 탄생에 자발적으로(그러므로 결코 용서받을 수 없는) 참여했던 N 같은 사람들에게 자신의 증오를 쏟아부었다.

또다시 전화벨이 울렸다. 수화기를 들자 이번에는 그녀라는 것을 확실히 알아차렸다.

"드디어!"

"'드디어'란 말을 들으니 얼마나 기쁜지 몰라! 전화를 기다렸어?"

"초조하게 기다렸지."

"정말?"

"나는 성질이 매우 고약한 편이었지! 그런데 당신 목소리를 듣고 나선 모든 게 바뀌었어!"

"아, 정말 기쁜데! 당신이 여기에, 나와 함께, 내가 있는 이곳에 있기를 얼마나 바랐는지 몰라."

"나도 당신과 함께 있지 못해 얼마나 후회하는지 몰라."

"후회한다고? 정말?"

"정말."

"떠나기 전에 당신을 다시 볼 수 있을까?"

"볼 수 있을 거야."

"확실해?"

"확실해! 모레 둘이서 함께 점심 식사를 할까!"

"정말 좋지!"

그는 그녀에게 프라하에 있는 호텔 주소를 가르쳐 주었다.

전화를 끊자 그는 책상 위에 잘게 찢겨 작은 종이 뭉치로 변
해 버린 일기장으로 시선을 돌렸다. 그는 이 쓸모없는 종이 뭉
치를 즐거운 마음으로 휴지통에 집어 던졌다.

26

 1989년이 되기 삼 년 전에 구스타프는 프라하에 자기 회사 사무실을 열었지만 매년 단 몇 차례만 머물렀다. 이 도시를 사랑하고, 살기에 이상적인 곳으로 여기기에는 그 정도의 시간으로 충분했다. 이레나에 대한 사랑 때문만이 아니라 (특히) 파리보다 여기에서 그는 스웨덴, 그의 가족, 그의 지나간 삶으로부터 절연되었다고 느끼기 때문이기도 하다. 느닷없이 공산주의가 유럽에서 사라졌을 때 그는 주저하지 않고 프라하를 새로운 시장 개척을 위한 전략 지점으로 설정했다. 그는 아름다운 바로크 풍 집을 구매해서 사무실을 차린 다음 지붕 밑 방 두 개를 숙소로 사용했다. 동시에 교외 빌라에서 혼자 살고 있는 이레나의 엄마가 이 층 전부를 마음대로 쓰도록 해 줬기 때문에 그는 기분에 따라 거처를 마음대로 바꿀 수 있었다.

 공산주의 시대 동안 잠들고 방치되었던 프라하는 그의 눈

앞에서 깨어났다. 도시는 관광객들로 가득 찼으며 상점들과 새 식당들로 빛났고 새로 칠을 하고 보수된 바로크식 집들로 단장되었다. "프라하는 나의 도시!" 그는 영어로 감탄했다. 그는 이 도시를 사랑했다. 조국 구석구석에서 자신의 뿌리와 그 기억들, 죽은 자들의 흔적을 찾는 애국자로서가 아니라 마치 황홀한 마음으로 놀이공원을 거닐면서 그곳을 떠나려고 하지 않는 어린아이처럼 놀라고 감탄해 마지않는 관광객으로서 말이다. 프라하의 역사를 알게 된 후로 그는 자신의 말에 귀 기울이는 사람들 앞에서 프라하 거리와 궁전, 교회 들에 대해 거드름을 피우며 장황하게 말했으며 프라하가 배출한 스타들에 대해 끝없이 말을 늘어놓았다. (화가들과 연금술사들의 보호자) 루돌프 황제와 (이곳에 정부를 두었다는 소문이 있는) 모차르트 그리고 프란츠 카프카(평생 이 도시에서 불행하게 살았던 그가 여행사 덕분에 이 도시의 수호성인이 되었다.)에 대하여.

프라하는 모든 주민들이 초등학교 때부터 사십 년 동안 배워야 했던 러시아어를 예상보다 빠른 속도로 잊었으며, 세계의 길 위에서 박수갈채를 받고 싶어서 영어 표기들로 치장한 채 행인들에게 나타났다. 스케이트보딩, 스노우보딩, 스트리트웨어, 퍼블리싱 하우스, 내셔널 갤러리, 카 포 하이어, 포모나마켓 등. 회사 사무실에서는 직원들, 거래처 사람들, 부유한 고객들 모두가 구스타프에게 영어로 말을 걸었기 때문에 체코어는 단지 개성 없는 목소리, 앵글로색슨 음운들만 인간의 말로 부각되는 소리의 배경에 지나지 않았다. 언젠가 이레나가 프라하에 내렸을 때 그는 공항에서 지금까지 해 온 것처럼 프랑스어로 "안녕."이라고 하지 않고 영어로 "헬로우."라고 말하면서 그녀를 맞았다.

갑자기 모든 것이 변했다. 마르틴이 죽은 이후 이레나의 삶을 생각해 보면 그 까닭을 짐작할 수 있다. 그녀의 딸들은 아무짝에도 쓸모없는 언어를 배우느라 시간을 허비하지 않으려고 했다. 또 배운다 해도 체코어로는 함께 말할 사람이 아무도 없었다. 프랑스어가 그녀에게는 일상 언어, 그녀의 유일한 언어였다. 그러므로 그녀에게는 스웨덴 애인에게 프랑스어를 강요하는 것만큼 당연한 것도 없었다. 이러한 언어 선택은 그들의 역할을 정해 주었다. 구스타프는 프랑스어를 잘 못했기 때문에 둘 가운데 대화를 이끌어 가는 쪽은 그녀였다. 그녀는 자신의 달변에 도취되었다. 오랜 세월 끝에 그녀도 드디어 무엇인가 말을 하고, 사람들로 하여금 그녀의 말을 경청하도록 한 것이다! 그녀의 언어적 우월감으로 그들의 역학 관계는 균형이 잡혔다. 그녀는 전적으로 그에게 의존했으나 그들의 대화에서만은 그녀가 그를 지배했으며 자신의 세계로 그를 이끌고 갔다.

그런데 프라하는 그들 부부의 언어를 바꾸어 놓았다. 그는 영어로 말했고 이레나는 점점 더 애착을 느끼게 된 프랑스어를 고집했다. 그러나 주위로부터 어떠한 지원도 받을 수 없었던(예전에 프랑스와 가까웠던 이 도시에서 프랑스어는 더 이상 매력을 발휘하지 않았다.) 그녀가 결국 항복했다. 그들의 관계가 역전된 것이다. 파리에서 구스타프는 그토록 이야기하고 싶어 했던 이레나의 말을 주의 깊게 들었다. 프라하에서 주로 그리고 오랫동안 떠드는 쪽은 이제 그였다. 영어를 잘 몰랐던 이레나는 그가 한 말 가운데 반 정도만 이해할 수 있었고, 알아들으려고 노력할 마음도 없었기 때문에 거의 듣지도 않고 말하지도 않았다. 그녀의 위대한 귀향은 많은 사람들의 흥미를 끌었다. 그녀가 거리에 나서면 체코인들은 그녀를 둘러싸고 지난날의 허물없는 숨결로 그녀를 어루만졌고, 그녀는 한순간 행복해졌다. 그러나 집에 돌아오면 그녀는 침묵하는 이방인이 되었다.

끊임없는 대화가 부부를 잠재우며 그 선율의 흐름은 꺼져 가는 육체의 욕망에 베일을 씌운다. 대화가 중단되면 육체적 사랑의 부재가 마치 유령처럼 나타난다. 이레나의 침묵에 구스타프는 자신감을 잃었다. 그때부터 그는 그녀를 그녀 가족, 즉 그녀의 엄마, 이복동생과 그의 부인과 함께 보려고 했다. 그는 그들 모두와 함께 빌라나 레스토랑에서 저녁을 먹었으며 그들과 함께 있는 것에서 피난처, 보호처, 평화를 찾았다. 그들에게 화제가 부족했던 적은 없었는데, 그 이유는 그들이 좀처럼 새로운 화제에 손대지 않았기 때문이다. 그들의 어휘는 제한되어 있었으며 서로의 말을 이해시키기 위해서는 모두가 천천히 반복해서 말을 해야 했다. 구스타프는 평정을 되찾아 가고 있었다. 이 느릿느릿한 대화가 마음에 들었으며 편안하고 유쾌하며 즐겁기까지 했다.(그들은 우습게 변형된 영어 단어들 때문에 얼마나 많이 웃었던가!)

오래전부터 이레나의 눈에서는 욕망을 찾아볼 수 없었지만 그녀는 습관의 힘으로 항상 두 눈을 크게 뜨고 구스타프를 바라봐 그를 곤경에 빠뜨렸다. 상황을 모면하고 자신의 관능적 후퇴를 은폐하기 위해 그는 외설에 가까운 노골적인 이야기들이나 애매모호한 성적 암시들을 웃으면서 높은 목소리로 늘어놓곤 했다. 엄마는 그 유치한 영어로 과장되고 우스꽝스럽게 음담패설을 늘어놓아 그를 언제든지 구원할 준비가 된 최고의 친구였다. 그들이 하는 이야기를 들으면서 이레나는 에로티시즘이 유치한 익살이 되었다고 느꼈다.

27

파리에서 조제프를 만난 후로 그녀는 그만을 생각한다. 그녀는 프라하에서의 짧은 연애를 끊임없이 회상한다. 친구들과 함께 있던 바에서 그는 재미있고 매력적이었으며, 그녀에게만 눈길을 줬다. 그들 모두가 길거리로 나갔을 때 그는 단둘이 있을 수 있는 기회를 만들었다. 그는 그녀에게 주려고 바에서 훔쳤던 작은 재떨이를 손에 쥐여 주었다. 그리고 알게 된 지 불과 몇 시간 되지 않은 이 사람은 그녀를 자기 집으로 초대했다. 마르틴과 약혼한 사이였던 그녀는 용기가 없었으므로 포기했다. 그러나 곧 급작스럽고도 강렬한 후회를 느꼈다. 그녀는 이 일을 결코 잊어 본 적이 없었다.

망명을 떠나기 전, 가져가야 할 것과 버리고 가야 할 것을 정리할 때 그녀는 바에 있던 작은 재떨이를 가방 속에 넣었다. 외국에서 그녀는 그것을 마치 마스코트처럼 은밀하게 핸드백

속에 넣고 다녔다.

그녀는 공항 대기실에서 그가 엄숙하고 기묘한 어조로 이렇게 말했던 것을 기억한다. "나는 완전히 자유로운 사람이야." 그녀는 이십 년 전에 시작된 자신들의 러브 스토리가 자신들 모두가 자유롭게 될 때까지 연기되었다고 느꼈다.

그리고 그녀는 그의 또다른 말을 기억한다. "내가 파리에 들른 건 정말 우연이야." 우연, 그것은 '운명'을 말하는 다른 방식이다. 그들의 러브 스토리가, 중단된 곳에서 계속되기 위해서는 그가 파리에 들를 필요가 있었다.

그녀는 카페나 친구의 아파트, 거리를 가리지 않고 도처에서 휴대폰을 손에 들고 그에게 전화를 걸어 본다. 호텔 전화번호는 맞지만 그는 방에 없다. 하루 종일 그녀는 조제프를 생각하지만, 상반된 것들이 서로를 끌어당기듯, 구스타프 역시 생각난다. 기념품 가게 옆을 지날 때 그녀는 진열장에서 자신의 핏기 없는 얼굴과 영어로 이렇게 적힌 티셔츠를 본다. 카프카는 프라하에서 태어났다. 이 터무니없는 티셔츠가 그녀를 매혹했고, 그녀는 그것을 산다.

저녁이 되자 그녀는 조용히 전화를 할 생각으로 집에 간다. 구스타프는 금요일마다 항상 늦게 들어오기 때문이다. 기대와는 달리 그는 일 층에 엄마와 함께 있다. 방은 아무도 보지 않는 텔레비전 소리와 체코어와 영어가 뒤섞인 수다로 울린다. 그녀는 작은 상자를 구스타프에게 내민다. "당신 거야!"

그녀는 그들이 선물에 감탄하도록 내버려두고 이 층으로 올라가 화장실에 틀어박힌다. 변기 위에 앉아 그녀는 가방에서 전화기를 꺼낸다. 그녀는 "드디어"라는 말을 듣자 너무나 기뻐서 그에게 말한다. "당신이 여기에, 나와 함께, 내가 있는 이곳에 있기를 얼마나 바랐는지 몰라." 이 말을 하고 나서야 그녀는 자신이 어디에 앉아 있는지를 깨닫고는 얼굴을 붉힌다. 그녀는 자신이 한 말이 은연중에 노골적인 데 놀라고 흥분한다. 바로 이때 그녀는 기나긴 세월을 함께 보내면서 처음으로 스웨덴 애인 몰래 바람을 피우고 있다고 느끼며 사악한 즐거움을 느낀다.

거실로 다시 내려왔을 때 구스타프는 티셔츠를 입고 소란스럽게 웃고 있었다. 그녀는 이 장면을 선명하게 기억한다. 익살맞은 유혹의 흉내, 과장된 농담, 꺼져 버린 욕망의 노년기 대용품. 엄마는 구스타프의 팔을 잡고 이레나에게 말한다. "네 허락 없이 네 애인에게 옷을 입혔다. 멋지지 않니?" 엄마와 구스타프는 함께 거실 벽에 걸린 커다란 거울로 몸을 돌렸다. 거울에 비친 모습을 바라보면서 그녀는 구스타프가 마치 올림픽 경기의 승자라도 되는 듯이 그의 팔을 들어올렸으며, 장난에 고분고분하게 따르던 그는 거울을 보고 가슴을 부풀리며 낭랑한 목소리로 말한다. "카프카는 프라하에서 태어났다네!"

28

그녀는 첫 번째 애인과 별다른 고통 없이 헤어졌다. 두 번째 애인과의 이별은 고통스러웠다. 그가 "스키를 타러 가면 우리 사이는 끝장이야. 맹세하건대 끝장이야!"라고 말하는 것을 들었을 때 그녀는 단 한 마디도 할 수 없었다. 그녀는 그를 사랑했고 그는 조금 전까지만 해도 생각하거나 입에 담을 수조차 없었던 말을 그녀의 얼굴에 내뱉었다. 그들의 절교.

"우리 사이는 끝장이야." 끝장. 그가 그녀에게 끝장을 약속했다면 그녀는 그에게 무엇을 약속해야 하나? 그의 말이 협박을 담고 있으므로 그녀의 말도 협박을 담고 있을 것이다. "좋아." 그녀가 천천히 그리고 차분히 말했다. "그래, 끝장이야. 나도 약속할게. 넌 반드시 후회할 거야." 그리고 길가에 꼼짝 않고 서 있는 그를 남겨둔 채 그에게 등을 돌렸다.

그녀는 상처를 입었으나 그에게 화를 냈던가? 아마도 그렇지 않았을 것이다. 물론 그가 보다 너그러웠어야 했다. 왜냐하면 의무적이었던 여행에 그녀가 빠질 수 없었던 것은 분명했기 때문이다. 꾀병을 부릴 수도 있었지만 어설프게 정직한 그녀로서는 그럴 수가 없었다. 틀림없이 그가 지나쳤고 부당했지만 그녀를 사랑했기 때문에 그랬다는 것도 알고 있었다. 그녀는 그의 질투를 알고 있었다. 그는 그녀가 다른 소년들과 함께 산에 있을 것을 상상하고는 괴로워했던 것이다.

정말로 화를 낼 수 없었던 그녀는 아무리 생각해도 그의 말을 따를 수 없었고, 질투할 이유는 전혀 없다고 그에게 설명하기 위해 학교 앞에서 그를 기다렸다. 그녀는 그가 이해하지 않을 수 없으리라고 확신했다. 교문에서 그는 그녀를 보았지만 다른 친구 한 명과 같이 가기 위해 멈추어 섰다. 둘만 만날 기회를 놓친 그녀는 길거리로 그를 쫓아갔다. 그리고 그가 친구와 헤어지자 그에게로 달려갔다. 가련한 처지에 놓인 그녀는 모든 것이 끝났으며, 그의 남자친구는 좀처럼 벗어나지 못하는 흥분 상태임을 짐작했어야 했다. 그녀가 그에게 말을 꺼내자마자 그가 말을 가로막았다. "생각을 바꿨니? 포기할 거지?" 그녀가 똑같은 말을 두 번째로 하기 시작했을 때, 발뒤꿈치로 돌아서서 그녀를 길 한가운데 남겨 두고 간 것은 바로 그였다.

그녀는 또다시 깊은 슬픔에 사로잡혔으나 그에게는 결코 화를 내지 않았다. 그녀는 사랑이란 서로에게 모든 것을 주는 것을 의미한다는 점을 알고 있었다. 모든 것. 근본적인 단어. 모든 것, 그러므로 그녀가 그에게 기약한 육체적 사랑뿐만 아니라 용기, 즉 중대한 일에 대해서뿐만 아니라 사소한 일에 대

해서도 마찬가지로 필요한 용기, 다시 말해서 학교의 우스꽝
스러운 명령에 복종하지 않을 아주 사소한 용기. 헌신적인 사
랑에도 불구하고 그녀는 부끄럽게도 이러한 용기를 낼 수 없
음을 깨달았다. 이 얼마나 기이한가, 이 얼마나 눈물이 날 정
도로 기이한가. 그녀는 그에게 모든 것을 줄 준비가 되어 있
었다. 그녀의 순결뿐만 아니라 그가 원한다면 자신의 건강이
나 그가 상상할 수 있는 어떠한 희생까지도. 그러나 동시에 그
녀는 보잘것없는 교장 선생님의 말에 따르지 않을 수 없었다.
그러한 사소함에 굴복했어야 하는가? 그녀 자신에 대해 느끼
는 불만은 견디기 힘들었다. 어떠한 희생을 치르고서라도 벗
어나고 싶었다. 그녀는 자신의 쩨쩨함 따위는 삼켜 버릴 위대
함에 다가가고 싶었다. 그가 결국 그 앞에서 무릎을 꿇을 위대
함. 그녀는 죽고 싶었다.

29

죽는 것. 죽기로 결심하는 것. 이는 어른보다 청소년에게 더 쉬운 일이다. 뭐라고? 죽음은 청소년에게서 훨씬 더 많은 미래를 빼앗아 가지 않는가? 확실히 그렇긴 하지만 청소년에게 미래는 그가 진정으로 믿을 수 없는, 비현실적이고 추상적이며 머나먼 것이다.

그녀는 깜짝 놀라 그녀 인생의 가장 아름다운 부분인, 그녀의 깨어진 사랑이 천천히 그리고 영원히 멀어져 가는 것을 바라보았다. 이러한 과거 외에 어떤 것도 그녀에게는 존재하지 않았다. 그녀는 오직 이 과거에 대해서만 말을 걸고 신호를 보내고 싶었다. 그녀는 미래에는 관심이 없었다. 그녀는 영원을 갈구했다. 영원은 멈추어 서서 움직이지 않는 시간이다. 미래는 영원을 불가능하게 한다. 그녀는 미래를 무화하고 싶었다.

그러나 수많은 학생들 한가운데서, 작은 시골 호텔에서, 그것도 만인이 보는 앞에서 어떻게 죽는단 말인가? 그녀는 방법을 찾아냈다. 호텔 밖으로 나가서, 자연 속으로 아주 멀리, 길에서 멀리 떨어진 곳에서 눈 위에 드러누워 잠들어 버리는 것. 잠자는 도중 죽음이 찾아오리라, 추위에 의한 죽음, 고통 없는 죽음이. 단지 잠시 동안의 추위만 견뎌 내면 된다. 수면제 몇 알만 먹으면 그 시간을 줄일 수도 있을 것이다. 집에서 아주 힘들게 찾아낸 약통에서 그녀는 엄마가 눈치채지 못하게 딱 다섯 알만 챙겼다.

그녀는 현실 감각에 맞게 죽음의 계획을 세웠다. 저녁에 밖으로 나가서 밤에 죽는 것, 이것이 첫 번째 생각이었지만 곧 취소했다. 아마도 저녁 식사 때 식당에서 그리고 공동 침실에서 확실히 그녀가 없어졌음을 알아차릴 것이기 때문이다. 그러면 죽을 시간이 없어진다. 그녀는 꾀를 부려서 모든 사람들이 스키를 타러 가기 전에 낮잠을 자는 점심 식사 후를 택했다. 그녀가 없어도 아무도 신경 쓰지 않을 휴식 시간.

그녀는 하찮은 원인과 엄청난 결과 사이의 명백한 불균형을 보지 못했을까? 그녀의 계획이 무모한 것임을 몰랐을까? 알았지만 그녀는 바로 이러한 무모함에 이끌렸다. 그녀는 분별 있게 행동하고 싶지 않았다. 절도 있게 행동하고 싶지도 않았다. 신중하게 지내거나 분별 있게 따져 보고 싶지도 않았다. 정열이란 원래 무모한 것이라는 것을 알기에 그녀는 자신의 정열에 감탄했다. 도취된 그녀는 도취에서 깨어나고 싶지 않았다.

이윽고 그녀가 선택했던 날이 온다. 그녀는 호텔에서 나간다. 문 옆에 온도계가 매달려 있다. 영하 10도. 그녀는 길을 나서면서 그녀의 도취가 고통으로 바뀌었음을 깨닫는다. 매혹을 찾았으나 헛수고였다. 죽는 꿈을 꾸던 때의 생각들을 떠올리려고 했으나 헛수고였다. 그녀는 마치 주어진 과제를 완수하고 규정된 역할을 하듯이 그녀의 길을 계속해서 간다.(그녀의 학교 친구들은 이 순간 의무적으로 낮잠을 자고 있다.) 대사를 외우면서 더 이상 그 내용은 생각하지 않는 배우의 영혼처럼 그녀의 영혼도 아무런 감정 없이 텅 비었다.

그녀는 눈으로 빛나는 길을 따라 올라가 곧 정상에 도달한다. 머리 위의 하늘은 파랗다. 수많은 경쾌한 구름들이 햇살을 받아 반짝이며, 산 위에 커다란 월계관처럼 낮게 내려앉아 있다. 그 풍경은 아름답고 매혹적이어서 그녀는 자신이 걸어온 목표도 잊을 만큼 짧은, 아주 짧은 행복을 느낀다. 수면제를 한 알씩 삼킨 다음 계획대로 산 정상을 내려와서 숲으로 향한다. 오솔길을 따라 걷다가 십 분이 지나자 잠이 쏟아지는 것을 느끼며 끝이 바로 여기라는 것을 안다. 태양은 환하게, 환하게 빛나며 그녀의 머리 위에 있다. 갑자기 무대의 막이 오른 것처럼 그녀의 가슴은 긴장감으로 조여 온다. 그녀는 모든 출구가 봉쇄된, 불이 환하게 켜진 무대 위에 꼼짝 못하고 갇혔다는 느낌을 받는다.

그녀는 전나무 밑에 앉아서 가방을 열고 거울을 꺼낸다. 그 조그맣고 둥근 거울을 얼굴에 대고 자신을 쳐다본다. 그녀는 아름답다. 그녀는 너무 아름답고, 이러한 아름다움을 떠나고 싶지 않으며 잃어버리고 싶지도 않다. 이 아름다움을 가져가고 싶은데, 아, 벌써 피곤해짐을 느낀다. 그녀는 피곤해하면서도 자신의 아름다움에 넋을 잃는다. 아름다움이야말로 그녀가 이 세상에서 간직하고 있는 가장 소중한 것이기 때문이다.

그녀는 거울 속에 자신의 모습을 비춰 보다가 자신의 입술이 파르르 떨리고 있는 것을 본다. 그것은 통제되지 않는 동작, 일종의 버릇이다. 그녀는 이미 자신에게 이러한 반응이 있음을 알고 있었고 여러 번 얼굴에서 느꼈지만 보는 건 처음이다. 그것을 보면서 그녀는 이중으로 감동한다. 그녀의 아름다움과 또 파르르 떨리는 그녀의 입술에 감동한다. 그녀의 아름다움과 그 아름다움을 뒤흔들고 훼손하는 흥분에 감동한다. 그녀의 육체가 한탄해 마지않는 아름다움에 감동한다. 곧 있으면 사라질 그녀의 아름다움에 대한 무한한 연민의 감정, 마찬가지로 사라질, 그리고 벌써 존재하지 않게 된 사람들에 대한 연민의 감정이 그녀를 사로잡는다. 왜냐하면 잠이 찾아와 그녀를 데리고 높이, 아주 높이 이 눈부신 빛, 눈부시게 푸른 하늘, 구름 한 점 없는 창공, 불타는 듯한 창공으로 날아갈 것이기 때문이다.

30

형이 그에게 "내가 알기로는 저쪽에서 결혼했지."라고 말했을 때 그는 더 이상 덧붙이지 않고 "그래."라고 대답했다. 아마도 형이 "결혼했지."라는 단정적인 말 대신에 다른 표현을 써서 "결혼했니?"라고 물었다면 어땠을까? 그랬더라면 조제프는 "응, 하지만 상처했어."라고 대답했을 것이다. 형을 속이려는 의도는 없었지만 형이 문장을 표현하는 방식 탓에, 그는 거짓말은 하지 않았지만 결국 아내의 죽음을 알리지 않은 꼴이 되었다.

이후의 대화에서도, 형과 형수는 그녀에 대한 일체의 언급을 회피했다. 물론 이러한 태도는 그들이 곤란한 처지였기 때문에 생겨났다. 안전상의 이유로(경찰의 소환을 피하기 위해) 그들은 망명한 친척과 어떠한 접촉도 삼갔는데 이러한 강요된 신중함이 곧 솔직한 무관심으로 바뀌리라는 것을 그는 짐작하지도 못했다. 그들은 그의 부인에 대해, 즉 그녀의 나이나 이름, 직업에 대해 아무것도 몰랐으며 그들은 이러한 침묵을 통해 서로의 참담한 관계를 드러내는 무지를 감추고자 했다.

그러나 조제프는 화를 내지 않았다. 그들의 무지에 오히려 마음이 놓였다. 장례를 치르고 난 후, 누군가에게 그녀의 죽음을 알려야 했을 때마다 그는 마치 그녀를 마음 깊은 곳에서 배반하기라도 한 듯 항상 불편함을 느끼곤 했다. 그녀의 죽음을 말하지 않음으로써 그는 항상 그녀를 보호하고 있다고 느꼈다.

왜냐하면 죽은 여자는 저항할 수 없기 때문이다. 그녀에겐 더 이상 힘도 영향력도 없다. 그녀의 소망이나 취미는 더 이상 존중되지 않는다. 죽은 여자는 어떤 것도 바랄 수 없으며 어떠한 존경도 열망할 수 없고 어떠한 비방에도 응수할 수 없다. 그는 그녀가 죽었을 때만큼 고통스럽고 가슴에 사무치는 연민을 느낀 적이 없었다.

31

요나스 할그림손은 위대한 낭만주의 시인이자 아이슬란드의 위대한 독립 투사이기도 했다. 19세기 유럽의 모든 약소 국가에는 이렇게 낭만주의자이면서 애국자인 시인들이 있었다. 헝가리의 페퇴피, 폴란드의 미츠키에비츠, 슬로베니아의 프레셰렌, 보헤미아의 마하, 우크라이나의 셰프첸코, 노르웨이의 베르겔란, 핀란드의 뢴로트 등. 그 당시 아이슬란드는 덴마크의 식민지였으며 할그림손은 수도에서 말년을 보내고 있었다. 모든 위대한 낭만주의 시인들은 위대한 애국자이기도 했지만 엄청난 술꾼이기도 했다. 어느 날 엄청나게 취한 할그림손은 계단에서 넘어져 다리가 부러졌는데 결국 감염이 되어서 세상을 떠나고 말았다. 그리고 코펜하겐 묘지에 묻혔다. 그때가 1845년이었다. 구십구 년이 지난 1944년에 아이슬란드 공화국이 선포되었다. 그 후로 사건이 급속도로 진행되었다.

1946년에 시인의 영혼이, 잠자고 있는 한 부유한 아이슬란드 사업가를 방문해서 이렇게 털어놓았다. "백 년 전부터 내 유골은 외국에, 그것도 적국에 매장되어 있습니다. 이제 이 자유로운 이타카로 돌아와야 할 시간이 오지 않았나요?"

이러한 한밤의 방문에 들뜨고 흥분한 사업가는 시인의 유골을 그가 태어난 아름다운 계곡에 묻어 줄 요량으로 적국 땅을 파헤쳐서 아이슬란드로 가져왔다. 그러나 아무도 그 사건의 광적인 질주를 멈추게 할 수 없었다. 싱벨리어 국립공원(천년 전에 최초의 아이슬란드 의회가 하늘 아래 소집되었던 성스러운 장소)의, 말로 표현할 수 없을 만큼 아름다운 풍경 속에 새로 탄생한 공화국의 장관들이 조국의 위인들을 위한 묘지를 조성했던 것이다. 그들은 사업가에게서 시신을 빼앗아서 또 다른 위대한 시인인 에이나르 베네딕트손(조그만 나라들은 위대한 시인들로 넘쳐난다.)의 무덤 하나밖에 없었던 국립묘지에 그를 묻었다.

그러나 사건은 급속도로 진행되었고 모든 사람들은 그 애국자 사업가가 감히 털어놓지 못한 사연이 있음을 알았다. 코펜하겐의 파헤쳐진 무덤 앞에 선 그는 몹시 난처했다. 시인은 가난뱅이들의 시신 사이에 매장되었고 그의 무덤에는 번호 말고는 어떤 이름도 없었기 때문이다. 그 애국적인 사업가는 서로 뒤섞인 유골들 가운데 어떤 것을 골라야 할지 몰랐다. 매정하고 조급한 묘지 관리인들 앞에서 그는 자신의 망설임을 드러낼 수 없었다. 그렇게 해서 그는 아이슬란드에 아이슬란드의 시인이 아니라 덴마크의 백정을 데려왔다.

아이슬란드에서는 처음에는 침울하고도 희극적인 이 오해를 비밀에 부치려고 했다. 그러나 사건은 계속 진행되어서, 1948년에 할도르 락스네스가 경솔하게도 어떤 소설에서 비밀을 폭로해 버렸다. 어떻게 할 것인가? 잠자코 있는 수밖에. 그러므로 할그림손의 유골은 여전히 그의 조국 이타카에서 이천 킬로미터나 떨어진 적국에 묻혀 있고, 시인은 아니었지만 그 역시 애국자였던 덴마크 백정의 시체는 그에게 공포와 혐오감만 불러일으켰던 얼음처럼 차가운 섬으로 추방되었다.

이러한 진실은 비밀에 부쳐졌음에도 다음과 같은 결과를 초래했다. 싱벨리어의 아름다운 묘지에는 더 이상 아무도 묻히지 않을 것이다. 그렇게 해서 단지 두 개의 관만이 묻혀 있는 그곳은, 오만의 우스꽝스러운 박물관 같은 전 세계 국립묘지들 가운데 우리를 감동시킬 수 있는 유일한 곳이 될 것이다.

아주 오래전 그의 아내가 이 이야기를 조제프에게 해 주었다. 이야기는 재미있었으며 도덕적 교훈을 쉽게 짐작할 수 있었다. 죽은 자의 시신이 어디에 있건 무슨 상관이란 말인가.

그러나 아내의 죽음이 다가오고 피할 수 없어졌을 때 조제프는 생각을 바꾸었다. 갑자기 그에게는 억지로 아이슬란드로 옮겨진 덴마크 백정의 이야기가 우스꽝스러운 것이 아니라 끔찍한 것으로 보였다.

32

그녀와 함께 죽겠다는 생각이 오래전부터 그의 머릿속을 떠나지 않았다. 그러한 생각은 낭만적인 과장이 아니라 이성적 성찰에 기인했다. 아내가 걸린 치명적인 병에는 무서운 고통이 따랐다. 그에 대비해서 그는 그녀의 고통을 줄여 줄 결심을 했었다. 자신 또한 살인죄로 고소당하지 않기 위해 죽을 작정이었다. 그러나 그녀가 정말로 위중해져서 끔찍하게 고통스러워하자 조제프는 더 이상 자살을 생각하지 않았다. 자신의 생명에 대한 두려움 때문이 아니었다. 그토록 사랑했던 이 육체가 낯선 사람들의 손에 맡겨진다는 생각을 참을 수 없었던 것이다. 그가 죽으면 누가 죽은 아내를 보살펴 줄 것인가? 어떻게 시체가 다른 시체를 지켜 줄 수 있단 말인가?

오래전에 보헤미아에서 그는 어머니의 죽음의 고통을 목격했다. 그는 어머니를 매우 사랑했지만 그녀가 더 이상 살아 있

지 않은 이상 어머니의 육신은 더 이상 그의 관심을 끌지 못했
다. 그에게 어머니의 육신은 더 이상 존재하지 않았다. 게다가
두 의사, 즉 아버지와 형이 죽어 가는 어머니를 보살폈으니 중
요성의 순서에서 그는 가족 내에서 세 번째에 지나지 않았다.
이번에는 모든 것이 달랐다. 죽어 가는 이 여자는 단지 자신만
이 돌볼 수 있었다. 그는 그녀의 육체를 소중히 여겼으며 그녀
의 사후 운명을 돌보고자 했다. 그는 자기 자신을 질책하기까
지 했다. 그녀는 아직 살아 있으며 그 앞에 누운 채 그에게 말
을 걸고 있지만 그는 그녀가 이미 죽었다고 생각하고 있었기
때문이다. 그녀는 그를, 평소보다 더 크게 뜬 그의 눈을 쳐다
보고 있었는데, 그는 그녀의 관과 무덤을 머릿속으로 생각하
던 중이었다. 그는 이러한 태도가 마치 비겁한 배반, 초조함,
그녀의 죽음을 앞당기려는 은밀한 욕망이라도 되는 듯 자책
했다. 그러나 그는 아무것도 할 수 없었다. 그는 그녀가 죽은
뒤에 그녀의 가족이 그녀를 지하 가족묘에 묻겠다고 요구하
리라는 것을 알고 있었으며 이러한 생각에 두려웠다.

　장례식에 대한 걱정은 하지 않고 그들은 예전에 무심코 그
들의 유언을 작성한 적이 있었다. 그들의 재산에 관련된 내용
은 아주 간단했으며 장례에 관한 내용은 언급조차 하지 않았
다. 그녀가 죽어 갈 때 그 일을 빠뜨린 것이 계속 마음에 걸렸
지만, 그녀가 죽음을 물리칠 수 있다고 설득하고 싶었기 때문
에 그는 입을 다물 수밖에 없었다. 자신이 언젠가 치유될 수
있다고 믿는 이 불쌍한 여자에게 그가 생각하는 것을 어떻게
고백한단 말인가? 유언에 대해 어떻게 말할 것인가? 게다가

그녀는 이미 정신이 오락가락했으며 생각도 혼미해졌다.

부유한 명문가 출신이었던 아내의 가족은 결코 조제프를 좋아하지 않았다. 그가 보기에 아내의 시신을 둘러싸고 벌어질 전쟁은 지금까지의 어떤 전쟁보다도 힘들고 중요할 것이다. 그도 언젠가는 자신이 모르는 곳에, 그것도 분명히 그녀와는 멀리 떨어진 곳에 묻히리라는 생각은 말할 것도 없고, 그녀의 시신이 낯설고 무관한 다른 시신들과 불분명하게 뒤섞이리라는 생각을 그는 용납할 수 없었다. 이를 용납한다는 것은 그가 보기에 영원처럼 무한한 패배, 영원히 용서받을 수 없는 패배와도 같았다.

그가 두려워했던 일이 일어났다. 그는 충돌을 피할 수 없었다. 장모가 그에게 소리쳤다. "내 딸이야! 내 딸이야!" 그는 변호사를 고용해야 했고 가족을 진정시키기 위해 한 다발의 돈을 줘야 했으며 묘지 한 자리를 급하게 사야 했고, 마지막 전투에서 이기기 위해 다른 사람들보다 더 빨리 행동해야 했다.

일주일 동안 잠도 못 자고 열심히 뛰어다닌 탓에 고통을 느낄 만한 시간의 여유는 없었지만 이상한 어떤 일이 일어났다. 그녀가 그들만의 무덤에 묻혔을 때(마치 2인용 마차와 같은 2인용 무덤) 그는 슬픔의 어둠 속에서 한 줄기 빛을, 거의 보이지 않게 희미하게 떨고 있는 행복의 빛을 언뜻 보았다. 사랑하는 사람을 실망시키지 않았다는 행복감, 그녀와 그의 미래를 확보해 두었다는 행복감.

33

조금 전만 하더라도 그녀는 눈부시게 빛나는 푸른 하늘 속에 녹아 있었다! 그녀는 비물질인 존재가 되었으며 빛으로 변했다!

그런데 하늘이 갑자기 캄캄해졌다. 그리고 다시 땅으로 떨어진 그녀는 무겁고 어두운 물체가 되었다. 무슨 일이 일어났는지 거의 이해하지 못한 그녀는 하늘에서 시선을 뗄 수 없었다. 하늘은 캄캄했고 더할 나위 없이 어두웠다.

신체의 한 부분은 추워서 벌벌 떨리는데 다른 한 부분은 무감각했다. 그것이 그녀를 겁에 질리게 했다. 그녀는 일어났다. 얼마간 시간이 지나자 그녀는 산속 호텔과 학교 친구들을 떠올렸다. 당황한 그녀는 몸을 떨면서 길을 찾았다. 호텔에서 사람들은 앰뷸런스를 불러서 그녀를 태우고 갔다.

그다음 날부터 병원 침대에 누워 있어야 했던 그녀는 처음에는 무감각했던 손가락, 귀, 코가 끔찍하게 아파 옴을 느꼈다. 의사들이 그녀를 진정시켰지만 간호사는 기꺼이 동상으로 생길 수 있는 모든 결과를 그녀에게 말해 주었다. 손가락을 절단할 수도 있다는 것이다. 겁에 질린 그녀는 도끼를 상상했다. 외과 의사의 도끼, 도살업자의 도끼. 그녀는 손가락이 없는 그녀의 손과, 자신이 볼 수 있도록 근처 수술대 위에 놓여 있는 잘려 나간 손가락을 상상했다. 저녁 식사 때가 되면 고기를 가져왔다. 그녀는 먹을 수가 없었다. 그녀는 접시에 놓인 자신의 살점들을 상상했다.

그녀의 손가락은 고통스럽게 정상으로 되돌아왔으나 왼쪽 귀는 절망적이었다. 늙고 수심에 찬 의사가 동정 어린 눈길로 그녀의 침대맡에 앉아서 귀를 잘라야 한다고 말해 주었다. 그녀는 소리쳤다. 그녀의 왼쪽 귀를! 그녀의 귀를! 아, 제발, 그녀는 소리쳤다. 그녀의 얼굴, 한쪽 귀가 잘린 그녀의 아름다운 얼굴! 그 누구도 그녀를 진정시킬 수 없었다.

아, 이 모든 것이 그녀가 원했던 것과는 얼마나 정반대로 일어났던가! 그녀는 미래를 소멸시킬 수 있는 영원함을 생각했지만 그 대신에 물리칠 수 없는 미래가, 마치 자기 앞에서 꿈틀거리고 자기 발을 문지르고 자신에게 길을 가르쳐 주기 위해 기어가는 뱀처럼 흉측하고 불쾌한 모습으로 그녀 앞에 나타났다.

학교에서는 그녀가 길을 잃고 동상에 걸린 채 되돌아왔다는 소문이 퍼졌다. 멀리서도 보이는 호텔을 발견하지 못할 만큼 기초적인 방향 감각도 없으면서 의무 수업을 빼먹고 바보

같이 싸돌아다닌 그녀를 사람들은 규율을 따르지 않은 학생
이라며 비난했다.

집에 돌아오자 그녀는 외출을 거부했다. 그녀는 아는 사람
들을 만나기가 두려웠던 것이다. 절망한 그녀의 부모는 그녀
를 이웃 도시에 있는 다른 학교로 몰래 전학시켰다.

아, 이 모든 것이 그녀가 원했던 것과는 얼마나 정반대인
가! 그녀는 신비롭게 죽기를 꿈꾸었다. 그녀는 자신의 죽음이
사고사인지 자살인지 아무도 알 수 없도록 하기 위해 만전을
기했다. 그녀는 그에게 자신의 죽음을 은밀한 기호로, 그만이
이해할 수 있는, 저세상에서 온 사랑의 기호로 전달하고 싶었
다. 그녀는 수면제 개수와 그녀가 잠든 동안 올라간 기온을 제
외하고는 모든 것을 잘 예측했다. 그녀는 혹독한 추위가 그녀
를 잠과 죽음에 빠뜨릴 것이라고 생각했지만 잠은 너무나도
미약했다. 그녀는 눈을 뜨고 컴컴한 하늘을 바라보았다.

두 하늘이 그녀의 삶을 두 부분으로 나누어 놓았다. 푸른 하
늘과 컴컴한 하늘. 바로 이 컴컴한 하늘 아래서 그녀는 자신의
죽음, 그 진정한 죽음, 노년에 맞이할 사소한 죽음을 향해 걸
어갈 예정이었다.

그리고 그는? 그는 그녀에게는 존재하지 않는 하늘 아래서
살고 있었다. 그는 그녀를 찾지 않았다. 그는 그녀를 더 이상
찾지 않았다. 그에 대한 추억은 그녀에게 사랑도 증오도 불러
일으키지 않았다. 그를 생각하면 그녀는 마치 마비된 것처럼
아무런 생각도 감정도 없어진다.

34

  인간의 수명은 평균 여든 살이다. 각자는 이러한 기간을 셈에 넣으면서 자신의 삶을 상상하고 조직한다. 모든 사람들은 내가 방금 전에 말한 것을 알지만, 우리에게 주어진 햇수가 단순한 양적 여건이나 외적인 특성(코의 길이나 눈의 색깔처럼)이 아니라 인간에 대한 정의 그 자체를 이룬다는 사실은 좀처럼 고려하지 않는다. 온 힘을 다해서 두 배 이상 길게, 즉 백육십 년간 살 수 있는 사람이 있다면 그는 우리와 같은 종류의 인간에 속하지 않을 것이다. 그의 삶 어떤 것도, 사랑도, 야망도, 감정도, 향수도, 그 어떤 것도 우리와 같지 않을 것이다. 망명자가 이십 년간 외국에서 살다가 고향에 돌아왔을 때 아직도 백 년을 더 살아야 한다면 그는 위대한 귀향의 감동을 거의 느끼지 못할 것이며, 이는 그에게는 귀향이 아니라 실존의 긴 여정 위 수많은 우회들 가운데 하나일 따름일 것이다.

왜냐하면 조국이라는 개념 자체는, 그 단어의 고귀하고 감상적인 의미에서 볼 때, 우리네 삶의 상대적인 짧음과 연관되어 있기 때문이다. 이 짧은 생 동안 우리는 다른 나라나 다른 언어에 애착을 갖기 어렵다.

에로틱한 관계가 성인의 삶 전체를 채울 수도 있다. 그러한 성인의 삶이 지금보다 훨씬 더 길어진다면, 육체적 욕망이 소진되기 훨씬 이전에 권태감이 흥분을 억누르지 않을까? 왜냐하면 첫 번째 섹스와 두 번째, 백 번째, 천 번째 또는 만 번째 섹스 사이에는 엄청난 차이가 있기 때문이다. 이런 반복이 상투적이 되거나, 아니면 코미디가 되거나 불가능해지는 지점이 언제일까? 남자와 여자 사이의 애정 관계는 어떻게 될 것인가? 사라질 것인가? 혹은 반대로 연인들은 그들 삶의 성적 단계를 진정한 사랑의 원초적 시초라고 생각할까? 이러한 질문들에 대답하는 것은 미지의 행성에 사는 사람들의 심리를 상상하는 것만큼 쉽지 않다.

사랑이라는 개념(위대한 사랑, 단 하나밖에 없는 사랑)도 아마 우리에게 주어진 시간의 좁은 한계에서 생겨난 것 같다. 이러한 시간이 무한하다면 조제프는 죽은 그의 아내에게 그토록 집착했겠는가? 그토록 일찍 죽어야 하는 우리로서는 그에 대해서는 아무것도 모른다.

35

기억 또한 수학적인 접근 없이는 이해되지 않는다. 가장 중요한 자료는, 체험된 삶의 시간과 기억 속에 저장된 삶의 시간 사이의 수적 관계다. 사람들은 이러한 관계를 계산하려고 결코 노력하지도 않으며 그렇게 할 기술적인 방법 또한 존재하지 않는다. 그러나 나는, 기억은 체험된 삶의 백만 분의 일, 십억 분의 일, 즉 아주 사소한 부분만을 간직할 뿐이라고 생각한다. 이 또한 인간 본질의 한 부분이다. 누군가가 그의 기억 속에 자신이 체험한 모든 것을 담을 수 있다면, 언제라도 과거의 모든 편린을 환기할 수 있다면, 그는 인간이 아닐 것이다. 그의 사랑, 그의 우정, 그의 분노, 용서하거나 복수할 수 있는 능력도, 그 어떤 것도 우리들과 닮지 않을 것이다.

과거를 왜곡하고 그것을 다시 쓰고 위조하며, 한 사건의 중요성을 과장하고 다른 사건에 대해서는 침묵을 지키는 사람들을 우리는 끊임없이 비판할 것이다. 이러한 비판들은 정당하지만(그럴 수밖에 없지만) 보다 근본적인 비판이 선행되지 않는다면 별다른 중요성이 없다. 인간의 기억 그 자체에 대한 비판. 가엾은 기억이 무엇을 할 수 있겠는가? 극히 보잘것없는 과거 일부분만을 간직할 수 있을 뿐이다. 우리 모두에게 이러한 선택은 의지나 이해 관계와는 상관없이 불가사의하게 이루어지기에, 왜 저것이 아니라 이것을 택했는지는 아무도 알 수 없다. 가장 자명한 이치를 계속해서 회피한다면 인간 삶에서 아무것도 이해할 수 없을 것이다. 그것이 존재했을 때 상태 그대로의 현실은 더 이상 존재하지 않는다. 그것의 복원은 불가능하다.

아무리 자료나 문서 들이 풍부하다고 하더라도 아무것도 할 수 없다. 조제프의 오래된 일기장을 과거의 진정한 증언을 담고 있는 기록이라고 하자. 기록들은 그것을 쓴 사람이 부인할 수도 없지만 사실을 확인할 수도 없는 사건들에 대해 말한다. 일기장이 말하는 모든 것 가운데 단 하나의 세부적 사항만이 선명하고 정확한 기억을 불러일으켰다. 숲속 길에서 여고생에게 자신이 프라하로 이사 간다고 거짓말을 하고 있는 그의 모습. 이 사소한 장면, 보다 정확히 말해서 이 어렴풋한 장면(왜냐하면 그는 자신이 한 말의 일반적인 의미와 거짓말을 했다는 사실만을 기억할 따름이기에)만이 그의 기억 속에 잠든 채로 저장되어 있는 삶의 유일한 편린이다. 그러나 그것은 그 전에 생긴 일 그리고 그다음에 생긴 일과 단절되어 있다. 그 여고생은 어떤 말과 어떤 행위로 그로 하여금 이러한 거짓말을 꾸며 내도록 했는가? 그리고 다음 날 무슨 일이 벌어졌는가? 그는 자신의 거짓말을 얼마 동안 고수했는가? 그리고 그로부터 어떻게 벗어났는가?

이 기억을 어떤 의미를 지닌 작은 일화로 이야기하고자 한다면 다른 사건들과 행위들 그리고 말들의 인과 관계 속에 집어넣어야 할 것이다. 그러나 전후 맥락을 잊어버렸기 때문에 그는 그것을 꾸며 내는 수밖에 없었다. 속이기 위해서가 아니라 기억을 설명하기 위하여. 일기장에 몸을 숙이고 끄적이고 있을 때 그가 무의식적으로 한 일이 바로 이것이다.

조무래기는 여고생과의 사랑에서 아무런 황홀경의 흔적도 발견할 수 없어 절망했다. 그녀의 엉덩이를 만졌을 때 그녀는 그의 손을 물리쳤다. 그녀에게 벌을 주기 위해 그는 프라하로 곧 이사를 갈 것이라고 말했다. 슬픔에 잠긴 그녀는 그의 품에 안겨서 죽을 때까지 마음이 변치 않았던 시인들을 이해하겠노라고 말한다. 약 두 주일 후에 소녀가 남자 친구의 계획된 이사로부터 그 말고 다른 남자친구를 찾아야겠다는 결론을 내린 것을 제외하고는 모든 것이 그가 바라던 대로 이루어졌다. 그녀는 다른 남자 친구를 찾기 시작했고 그 조무래기는 이를 짐작하고는 자신의 질투심을 억누를 수 없었다. 그녀가 그를 남겨 두고 가야 했던 산에서의 체류를 핑계로 그는 그녀에게 히스테릭한 발작을 퍼부었다. 그는 웃음거리가 되었고, 그녀는 그를 놓아주었다.

진실에 가능한 한 근접하려고 했는데도 조제프는 그의 일화가 실제로 그가 겪었던 것과 동일하다고 주장할 수 없었다.

그는 그 일화가 단지 잊힌 것 위에 갖다 붙인 그럴듯한 것임을 알고 있었다.

나는 오랜 세월이 흐른 뒤 재회한 두 존재들의 감동을 상상해 본다. 예전에 그들은 자주 만났고 그래서 똑같은 경험, 똑같은 추억으로 맺어졌다고 생각한다. 똑같은 추억이라고? 바로 거기서 오해가 시작된다. 그들은 똑같은 추억을 갖고 있지 않다. 두 사람 모두 과거의 사소한 두세 상황을 간직하고 있지만 그것들은 제각기 다르다. 그들의 추억은 서로 비슷하지도 않다. 양적으로도 비교될 수 없다. 한 사람은 다른 사람이 자신을 기억하는 것보다 더 많이 그를 기억한다. 기억력이 사람마다 다르기 때문이기도 하지만(이는 두 사람 모두 수긍할 수 있는 설명일 텐데) 상대방에 대한 그들의 애착이 동일하지 않기 때문이기도 하다.(이러한 설명은 수긍하기가 보다 힘들다.) 이레나가 조제프를 공항에서 보았을 때 그녀는 그들의 지나간 연애의 모든 사소한 것들까지 기억했다. 조제프는 아무것도 기억하지 못했다. 첫 순간부터 그들의 만남은 언어도단의 부당한 불평등에 놓여 있었다.

36

두 사람이 같은 아파트에 살면서 매일 보고, 게다가 서로 사랑하는 사이일 때, 그들의 일상 대화는 그들의 기억을 일치시킨다. 암묵적이고 무의식적인 동의를 통해 그들은 삶의 광대한 영역을 망각 속에 집어넣고 몇 개의 똑같은 사건들만 되풀이해서 말하는데, 그로부터 마치 나뭇가지에 이는 산들바람처럼 그들 머리 위에서 속삭이며 그들이 함께 살았음을 끊임없이 환기하는 똑같은 이야기를 만들어 낸다.

마르틴이 죽자 이레나는 고통스러운 슬픔 속에서 그와 그를 알던 사람들로부터 멀어졌다. 마르틴은 대화에서 사라졌으며 그가 살아 있었을 때는 너무 어렸던 두 딸들조차 더 이상 그에게 관심을 갖지 않았다. 어느 날 그녀는 구스타프를 만났고, 그는 그들의 대화를 연장하기 위해 그의 남편을 알았었노라고 그녀에게 털어놓았다. 마르틴이 장차 그녀 애인이 될 사람과의 가교 역할을 하면서 이렇게 강하고 영향력 있는 모습으로 그녀와 함께했던 것은 그때가 마지막이었다. 이 임무를 완수한 후에 그는 영원히 지워졌다.

오래전에 프라하에서 올렸던 결혼식 날 마르틴은 이레나를 그의 빌라에 머물게 했다. 이 층에 서재와 사무실이 있었으므로 그는 아래층을 남편과 아버지로서의 자기 삶에 할당해 두었다. 프랑스로 떠나기 전에 그는 빌라를 장모에게 넘겨주었고, 그녀는 이십 년 후, 그사이 완전히 수리를 한 아래층을 구스타프에게 제공한다. 밀라다가 그녀를 보러 여기에 왔을 때 예전 동료를 떠올리고는 생각에 잠긴 듯 이렇게 말했다. "여기서 마르틴이 일했었지." 그러나 이 말이 끝난 후 마르틴의 어떠한 환영도 나타나지 않았다. 오래전부터 그와 그의 모든 환영들은 이 집에서 쫓겨났다.

그의 아내가 죽은 후에 조제프는, 일상적 대화가 사라지면 지나간 삶의 속삭임도 약해진다는 사실을 깨달았다. 이를 강화하기 위해 아내 모습을 생생하게 떠올리려고 노력했으나 보잘것없는 결과만이 그를 괴롭혔다. 그녀는 열 가지 정도의 서로 다른 미소를 지었었다. 그는 상상력을 발휘해서 그 미소들을 되살려 내려고 애썼다. 그는 실패했다. 그녀는 익살스럽고 재빠르게 말대꾸하는 재주로 그를 반하게 했다. 그러나 그는 어떤 대답도 떠올릴 수 없었다. 어느 날 그는 스스로에게 물었다. 그들이 공유했던 삶으로부터 남아 있는 이 얼마 안 되는 기억들을 합친다면 얼마만큼의 시간이 될까? 1분? 2분?

기억의 불가사의들 가운데 보다 근본적인 또 다른 불가사

의란 다음과 같다. 추억은 측정될 수 있는 시간의 부피를 지니
는가? 지속적인 시간 속에서 펼쳐지는가? 그는 그들의 첫 번
째 만남을 상상해 보고자 한다. 그는 인도에서 지하로 내려가
는 계단을 본다. 희미한 노란 불빛 속에서 서로 떨어져 있는
연인들을 본다. 그리고 그녀를 본다. 맞은편에 앉아 손에 브랜
디를 들고 그에게 시선을 고정한 채 수줍게 웃고 있는 그녀를.
오랫동안 그는 잔을 들고 미소를 짓고 있는 그녀를 관찰하고
그 얼굴과 손을 유심히 살폈다. 그러는 동안 그녀는 움직이지
도, 잔을 들어 입에 가져가지도 않고 계속해서 미소를 짓고 있
다. 그런데 끔찍한 건 바로 이 점이다. 그가 기억하는 과거에
는 시간이 없다는 점이다. 책을 다시 읽거나 영화를 다시 보는
것처럼 사랑을 다시 체험하기란 불가능하다. 죽은 조제프의
아내에겐 그 어떤 물질적이거나 시간적인 차원도 없다.

또한 그녀를 머릿속에 되살리려는 노력들도 고통이 되었
다. 잊힌 어느 한순간을 다시 발견했다는 기쁨 대신에 그는 이
러한 순간을 둘러싼 무한한 공백에 절망했다. 어느 날 그는 과
거라는 복도 속으로 들어가는 고통스러운 방황을 그만뒀으며
그녀의 예전 모습을 되살리려는 헛된 시도에도 종지부를 찍
었다. 그는 심지어 자신이 그녀의 지나간 삶에 집착함으로써
비열하게도 그녀를 유실물 보관소에 집어넣었으며 자신의 현
재 삶으로부터 내몰았다고 생각한다.

게다가 그들은 추억을 결코 숭배하지 않았다. 물론 그들은
은밀한 편지나 그들이 해야 할 일이나 약속이 기록된 비망록
을 없애 버리지 않았다. 그러나 그것들을 다시 읽어 보겠노라

는 생각은 결코 들지 않았다. 그래서 그는 아내가 살아 있었을 때처럼 죽은 아내와 함께 살겠다고 결심했다. 그는 그녀를 추억하기 위해서가 아니라 그녀와 함께 있기 위해 그녀의 무덤으로 갔다. 그를 쳐다보는, 과거가 아닌 지금 현재 그를 쳐다보는 그녀의 눈을 보기 위해서.

그래서 새로운 삶이 그에게 시작되었다. 죽은 아내와의 동거. 새로운 시계가 그의 시간을 편성하기 시작했다. 유난히 깔끔했던 그녀는 그가 집 안을 온통 어질러 놓은 것에 화를 내곤 했다. 그 후로 그는 혼자서, 정성스럽게 청소를 한다. 왜냐하면 그는 그녀가 살아 있을 때보다 그들의 가정을 사랑하기 때문이다. 작은 문이 달린 낮은 나무 담장, 정원, 짙은 붉은색 벽돌집 앞 전나무, 그들이 직장에서 돌아온 뒤 앉곤 했던 마주 놓인 안락의자, 그녀가 늘 한쪽에는 꽃병을, 다른 한쪽에는 전등을 두었던 창가. 집에 돌아올 때 멀리 길거리에서도 보이도록 그들은 집에 없을 때도 그 전등을 켜 놓았더랬다. 그는 이 모든 습관들을 그대로 지키며 의자나 꽃병 하나하나가 그녀가 두고자 했던 곳에 있도록 신경을 쓴다.

그는 그들이 사랑했던 장소들을 다시 찾는다. 주인이 아내가 좋아하는 생선을 일러 주곤 했던 바닷가의 레스토랑, 그들을 매혹한 수수하게 아름다운 붉은색, 푸른색, 노란색 집들이 있는 근처 소도시의 장방형 광장, 혹은 코펜하겐을 방문했을 때 보았던, 매일 저녁 6시에 하얀 대형 여객선이 출항했던 부둣가. 거기서 그들은 그 배를 보기 위해 오랫동안 꼼짝 않고 있을 수 있었다. 출항하기 전에 옛 재즈 음악이 마치 여행에 초대하듯 울려 퍼졌다. 그녀가 죽은 후로 그는 자주 그곳에 가서 그녀가 옆에 있다고 상상하며 하얀 배에 올라타 춤을 추고 잠을 자며, 멀리, 북쪽 멀리 어디론가 가 잠에서 깨고 싶다는 욕망을 느낀다.

그녀는 그가 세련된 차림이기를 원했으며 그녀 스스로 그의 의상을 챙겼다. 그는 그녀가 자기 옷들 가운데 어느 것을 좋아하고 어느 것을 좋아하지 않는지 잊지 않았다. 보헤미아에서의 이 짧은 체류를 위해 그는 일부러 그녀가 신경 쓰지 않았던 옷을 입었다. 그는 이 여행에 지나친 관심을 부여하고 싶지 않았다. 그녀를 위한 여행도, 그녀와 함께하는 여행도 아니지 않은가.

이레나는 마치 시합 전날 운동선수처럼 이튿날의 약속을 앞두고 토요일을 조용하게 보내려고 한다. 구스타프는 사업 상의 지겨운 점심 약속 때문에 시내로 출근해서 오늘 저녁에 도 집에 들어오지 않을 것이다. 그녀는 홀로 있는 기회를 이용 해서 오랫동안 잠을 자고 엄마와 마주치지 않으려고 노력하면 서 집에 머물러 있다. 아래층에서 엄마가 왔다 갔다 하는 소리 가 들리다가 정오가 돼서야 그친다. 문이 꽝 하고 닫히는 소리 를 듣고서 엄마가 외출한 것을 확신한 그녀는 아래층으로 내 려가 부엌에서 뭔가를 건성으로 먹은 다음 자신도 외출한다.

보도 위에서 그녀는 넋을 잃은 채 멈춰 선다. 가을의 태양 아래 은은한 아름다움을 드러내는 작은 전원 주택들로 수놓 인 이 정원 거리를 보자 그녀는 가슴이 뭉클해져서 오랫동안 산책하고 싶은 마음이 든다. 망명을 떠나기 얼마 전에 그녀는 이 도시와 그녀가 사랑했던 모든 거리들에 작별을 고하기 위해 생각에 잠겨 오래도록 이렇게 산책을 하고 싶었던 적이 있었음을 떠올린다. 그러나 그녀는 준비해야 할 일이 너무 많았고 시간이 없었다.

그녀가 거닐고 있는 곳에서 바라본 프라하는 나무들이 늘어선 작은 거리들과 조용한 동네들로 이루어진 커다란 초록빛 스카프 같다. 그녀가 애착을 느끼는 것은 시내 중심가 화려한 프라하가 아니라 바로 이 프라하다. 지난 세기말에 태어난 이 프라하, 체코 소시민들의 프라하, 겨울이면 오르락내리락하는 골목길에서 스키를 타곤 했던 어린 시절의 프라하, 황혼이 질 때면 근처 숲들이 은밀하게 향기를 내뿜던 프라하.

몽상에 잠겨 그녀는 걷는다. 몇 초 동안 그녀는 파리를 언뜻 본다. 그곳은 처음으로 그녀에게 냉혹하게 느껴진다. 큰길들의 차가운 기하학, 샹젤리제의 오만함, 평등이나 박애를 나타내는 거대한 여인상(像)의 준엄한 얼굴. 어느 곳에서도, 어느 곳에서도 그녀가 여기서 숨 쉬는 이 전원시의 숨결이나 상냥한 친밀감의 흔적을 찾아볼 수 없다. 게다가 망명 기간 동안 그녀가 잃어버린 조국의 상징으로 간직했던 것은 이러한 이미지였다. 골짜기가 많은 땅 위로 아득히 펼쳐진 정원들 속 작은 집들. 그녀는 여기보다 파리에서 더 행복하다고 느꼈지만, 아름다움에 대한 비밀스러운 이끌림 때문에 프라하에 애착을 느낄 수밖에 없었다. 그녀는 자신이 얼마나 이 도시를 사랑하며 여기를 떠난 일이 얼마나 고통스러웠는가를 갑자기 깨닫는다.

그녀는 흥분된 요 며칠간을 떠올려 본다. 강제 점령기의 처음 몇 달간 혼란스러운 상황에서 나라를 떠나는 것은 손쉬운 일이었으며 그들은 두려움 없이 친구들에게 작별 인사를 할 수 있었다. 그러나 모두를 보기에는 시간이 너무나도 부족했다. 떠나기 이틀 전, 순간적인 충동에 이끌려 그들은 혼자 사는 오랜 친구를 방문해서 그와 감동스러운 몇 시간을 보냈다. 이 사람이 그들에게 오래전부터 그토록 관심을 보인 것은, 마르틴을 감시하도록 경찰에 선택되었기 때문이라는 것을 훨씬 후에 프랑스에서 알게 되었다. 떠나기 전날 그녀는 아무 예고도 없이 여자 친구의 문을 두드렸다. 다른 여자와 한참 이야기하고 있는 도중에 찾아간 모양이었다. 그녀는 아무 말도 없이 자신과는 상관없는 대화를 오랫동안 지켜보면서 격려의 문장이나 몸짓, 작별의 말을 기다렸으나 헛수고였다. 그녀가 떠난다는 것을 잊어버렸던 것일까? 아니면 잊어버린 척하는 것일까? 아니면 그녀가 있건 없건 자신들에겐 아무런 상관이 없단 말인가? 그리고 그녀의 엄마. 떠나던 날 엄마는 그녀를 안아주지 않았다. 마르틴과는 포옹을 했지만 그녀와는 아니었다. 이레나에게는 낭랑한 목소리로 이렇게 말하면서 어깨를 꽉 붙잡았다. "우리는 감정을 드러내는 걸 좋아하지 않잖아!" 진심에서 우러나온 말이기는 했지만 쌀쌀맞았다. 이 모든 작별들(거짓 작별, 위장 작별)을 떠올리면서 그녀는 속으로 생각한다. 작별을 놓친 사람은 재회에서 별다른 것을 기대할 수 없다.

벌써 이 푸르른 거리들을 산책한 지도 두세 시간이 지났다. 그녀는 프라하를 굽어보고 있는 이 작은 공원의 끝에 있는 난간에 이르렀다. 여기서 보면 성의 감추어진 뒷모습이 드러난다. 구스타프라면 짐작도 못 할 프라하의 모습이다. 그러자 소녀 시절 그녀에게 소중했던 이름들이 불현듯 떠올랐다. 물의 요정이었던 그녀의 나라가 안개로부터 벗어났을 때의 시인이었던 마차. 불쌍한 체코 민족의 이야기꾼인 얀 네루다, 그녀가 어렸을 때 돌아가신 아버지가 그토록 좋아했던 1930년대의 보스코벡과 베리히의 노래들, 청소년기에 읽었던 소설가들인 흐라발과 슈크보레츠키, 그리고 불경스러운 유머가 넘쳐나던, 너무나도 자유분방했던, 너무나도 즐겁게 자유분방했던 1960년대 소극장들과 선술집들. 그녀가 자신과 함께 프랑스로 가져간 것은 이 나라의 표현할 수 없는 향기, 그 비물질적인 본질이었다.

그녀는 난간에 팔꿈치를 기대고 성을 바라본다. 거기에 가려면 족히 십오 분은 걸릴 것이다. 바로 거기서 우편엽서에 나오는 프라하가 시작된다. 미쳐 버린 역사가 그 지울 수 없는 상흔들을 남겼던 프라하, 관광객들과 창녀들의 프라하, 체코 친구들은 감히 발을 들여놓을 수 없을 정도로 비싼 레스토랑의 프라하, 조명 밑에서 몸을 흔드는, 춤추는 프라하. 그녀는 이 프라하만큼 그녀에게 낯선 곳도 없다고 생각한다. 구스타프타운. 구스타프빌. 구스타프슈타트. 구스타프그라드.

구스타프. 자신이 잘 알지 못하는 언어의 희미한 창 뒤로 희미해져 가는 그의 모습을 보면서 그녀는 오히려 잘됐다고, 거의 기쁨에 가까운 마음으로 스스로에게 말했다. 왜냐하면 마침내 진실이 드러났기 때문이다. 그녀는 더 이상 그를 이해할 필요도, 그에게서 이해받을 필요도 느끼지 않는다. 그녀는, 티셔츠를 입고 카프카는 프라하에서 태어났다고 영어로 외치고 있는 그의 쾌활한 모습을 보면서 애인을 갖고 싶다는 주체할 수 없는 욕구가 온몸에서 솟구치는 것을 느낀다. 지금 현재의 삶을 뜯어고치기 위해서가 아니라 밑바닥부터 뒤흔들어 놓기 위해서. 결국 자신만의 운명을 갖기 위해서.

왜냐하면 그녀는 어떤 남자도 스스로 택해 본 적이 없었기 때문이다. 항상 그녀가 선택되었다. 결국에는 그녀도 마르틴을 사랑했지만 애당초 그는 엄마로부터 벗어나기 위한 기회였을 따름이다. 구스타프와의 연애에서 그녀는 자유를 찾았다고 생각했다. 그러나 그것은 마르틴과의 관계의 한 변형에 지나지 않았음을 이제야 깨닫는다. 주체할 수 없었던 고통스러운 상황으로부터 꺼내 줄 손을 붙잡았던 것이다.

그녀는 자신이 감사하는 마음을 타고났음을 안다. 그녀는 마치 그것이 자신의 제일가는 미덕인 것처럼 자랑했다. 감사하는 마음이 그녀에게 지시를 내리면 사랑의 감정이 말 잘 듣는 하녀처럼 달려왔다. 그녀는 마르틴에게 진심으로 헌신적이었고 구스타프에게도 그러했다. 하지만 뭐 그리 자랑할 만한 것이 있는가? 감사하는 마음은 연약함이나 의존심의 다른 이름에 불과하지 않은가? 그녀가 지금 원하는 것은 그 어떤 감사의 마음도 없는 사랑이다. 그리고 그녀는 그러한 사랑을 하기 위해서는 대담하고 위험한 행동의 대가를 치러야 한다는 것을 안다. 그녀는 애정 생활에서 단 한 번도 대담했던 적이 없었으며 그것이 무슨 뜻인지조차 알지 못했기 때문이다.

갑자기 불어닥친 바람처럼, 오랜 망명의 꿈들과 고통들이 빠른 속도로 나타났다. 그녀는 여자들이 달려와 자신을 둘러싸고 맥주잔을 든 채 웃으면서 그녀가 빠져나가지 못하도록 막는 것을 본다. 또 자신이 상점에 있는데 물건을 파는 다른 여자들이 달려들어, 그녀에게 옷을 입히고, 그 옷은 그녀의 몸에 걸쳐지자마자 죄수복으로 변해 버린다.

오랫동안 그녀는 난간에 팔꿈치를 기대고 있다가 일어섰다. 그녀는 더 이상 이 도시에 머물지 않고 도망치리라는 확신으로 가득 차 있다. 이 도시뿐만 아니라 이 도시가 지금 그녀에게 만들어 주고 있는 삶 속에도 머물지 않으리라는 확신.

38

공산주의가 유럽에서 물러났을 때 조제프의 아내는 그가 조국을 다시 찾아가야 한다고 고집했다. 그녀는 그를 따라가려고 했다. 그러나 그녀는 죽었고 그때부터 그는 죽은 아내와의 새로운 인생만을 생각했다. 그는 이것이 행복한 삶이라고 확신하려고 애썼다. 그러나 과연 행복에 대해 말할 수 있는가? 그렇다. 그의 고통을, 체념하고 받아들일 수밖에 없는 고요하고 끈질긴 고통을, 마치 떨고 있는 희미한 빛처럼 가로지르는 행복.

한 달 전, 슬픔에서 벗어날 수 없었던 그는 죽은 아내의 말을 떠올렸다. "거기에 가지 않는다면 당신은 용서받지 못할 뿐 아니라 야비하기까지 한 사람일 거야." 실제로 그는 그녀가 그토록 부추겼던 이 여행이 오늘날 자신을 도와줄 수도 있을 거라고 생각한다. 그토록 고통스럽게 했던 자신의 삶으로부터 적어도 며칠 동안만이라도 벗어나는 것.

여행 준비를 하고 있을 때 어떤 생각 하나가 그의 머릿속에 맴돌았다. 만일 거기에 계속해서 머문다면? 어쨌든 그는 덴마크뿐만 아니라 보헤미아에서도 수의사 생활을 계속할 수 있을 것이다. 그때까지만 해도 이러한 생각은 그에게는 사랑하는 여자에 대한 배신처럼 받아들여졌다. 그러나 그는 자문했다. 이것이 정말로 배신일까? 자기 아내의 존재가 비물질적이라면 왜 그녀는 단 한 장소의 물질성에 연결되어 있을까? 그녀는 덴마크뿐만 아니라 보헤미아에서도 그와 함께 있을 수 있지 않을까?

그는 호텔을 떠나 자동차로 한가로이 돌아다닌다. 시골 여인숙에서 점심을 먹고 들판을 가로질러 걷는다. 작은 길들, 들장미나무들, 나무들, 나무들. 이상하게도 감격한 그는 멀리 나무가 심어진 언덕들을 바라보다가, 그가 살아오는 동안 체코인들은 이 풍경을 지키기 위해 두 번이나 죽을 각오를 했다는 생각이 들었다. 1938년 그들은 히틀러에 맞서 싸우고자 했다. 그들과 연합했던 프랑스인들과 영국인들이 이를 방해하자 그들은 절망했다. 1968년에 러시아인들이 나라를 침공했으며 그들은 또다시 맞서 싸우고자 했다. 다시 한 번 포기할 수밖에 없었던 그들은 또다시 같은 절망감에 빠져들었다.

조국을 위해 목숨을 바칠 각오를 하는 것, 모든 나라들은 이러한 희생의 유혹을 알고 있었다. 체코인들의 적이었던 독일인들과 러시아인들도 알고 있었다. 그러나 그들은 대민족이다. 그들의 애국심은 다르다. 그들은 그들의 영광, 그들의 중요성, 그들의 보편적 사명에 열광한다. 체코인들이 조국을 사랑했던 것은 조국이 영광스러워서가 아니라 알려지지 않았기 때문이다. 조국이 크기 때문이 아니라 작고 끊임없이 위험에 처했기 때문이다. 그들의 애국심은 조국에 대한 커다란 연민이다. 덴마크인들도 이와 유사하다. 조제프가 이 작은 나라를 망명지로 택한 것은 우연이 아니다.

그는 감동에 젖어 풍경을 바라보며 지난 반세기 동안 보헤미아의 역사는 매혹적이고 독창적이며, 그것에 관심을 갖지 않는 것은 편협한 정신 자세라고 생각한다. 내일 아침에 그는 N을 볼 것이다. 그들이 서로 보지 못했던 이 기간 동안 그는 어떻게 살았을까? 러시아 침공에 대해 그는 어떻게 생각했을까? 그리고 그가 예전에 진실되고 정직하게 신봉했던 공산주의의 종말을 그는 어떻게 겪었는가? 그의 마르크스주의적 소양은 전 세계적으로 찬양받는 자본주의의 회귀에 어떻게 적응했는가? 그는 반항했는가? 아니면 그는 그의 확신들을 버렸는가? 그리고 그것들을 버렸다면 이는 그에게 비극적인 일인가? 그리고 다른 사람들은 그에게 어떻게 행동하는가? N이 손목에 수갑을 차고 법정에 있는 것을 보고 싶어 했을 것임에 틀림없는 형수의 목소리를 언뜻 떠올린다. N은 조제프가 역사의 모든 왜곡에도 불구하고 여전히 우정이 존재한다고 자신에게 말해 줄 필요를 느끼고 있지 않은가?

그의 생각은 다시 형수에게 미친다. 그녀는 신성한 소유권을 인정하지 않는다는 이유로 공산주의자들을 증오했다. 그런데 그녀는 자기의 그림에 대한 신성한 권리를 인정하지 않았다고 그는 속으로 생각해 본다. 그는 이 그림이 벽돌집의 벽 위에 걸려 있는 모습을 상상하고는 갑자기 놀라서 노동자 계급이 사는 이 교외의 풍경, 이 체코의 드랭, 역사의 이 기묘함이 그의 집에 쳐들어온 훼방꾼일 수 있음을 깨닫는다. 어떻게 그는 이 그림을 가져가기를 원할 수 있었을까! 그가 죽은 아내와 살고 있는 그곳에 이 그림은 있을 자리가 없다. 그는 결코 그녀에게 이 그림에 대해 말해 본 적이 없다. 이 그림은 그녀와, 그들과, 그들의 삶과 아무런 상관이 없다.

그리고 그는 생각한다. 작은 그림 하나가 죽은 아내와의 동거를 방해할 수 있다면 그녀가 한 번도 본 적 없는 한 나라라는 집요한 존재는 얼마나 더 큰 방해가 될 것인가!

태양이 지평선에 내려오자 그는 프라하의 도로 위로 자동차를 몬다. 사람들이 죽을 각오까지 하게 만들었던 이 작은 나라의 풍경이 멀어져 갔다. 그는 그의 동정심을 훨씬 더 요구하는, 보다 작은 무언가가 존재함을 안다. 그는 서로 마주 놓인 두 안락의자와 창가에 놓인 전등과 꽃병, 그리고 아내가 집 앞에 심었던, 멀리서 그에게 집을 보여 주기 위해 치켜든 그녀의 손과 같은, 우아한 전나무를 본다.

39

스카셀이 삼백 년 동안 슬픔의 집에 갇혀 있었던 이유는 그의 조국이 동구 제국에 영원히 삼켜지는 것을 보았기 때문이다. 그는 틀렸다. 모든 사람들은 미래에 대해 틀리게 마련이다. 인간은 현재의 순간만을 확신할 수 있다. 그러나 이는 사실인가? 인간은 진정으로 현재를 알 수 있는가? 그것을 심판할 수 있는가? 물론 그렇지 않다. 왜냐하면 미래를 알지 못하는 사람은 현재의 의미도 이해할 수 없기 때문이다. 현재가 우리를 어떤 미래로 이끌어 가는지도 모르면서 어떻게 우리는 이 현재가 좋은지, 나쁜지, 찬성해야 할지, 의심해야 할지, 아니면 증오해야 할지 알 수 있는가?

1921년에 아널드 쉰베르크는 자신 덕분에 독일 음악은 향후 백 년 동안 세계를 지배할 것이라고 선언한다.

십오 년 후 그는 독일을 영원히 떠나야만 한다. 전쟁이 끝난 후 미국에서 그는 여전히 기고만장해서 영광이 결코 그의 작품을 저버리지 않을 것이라고 확신한다. 그는 이고르 스트라빈스키가 지나치게 동시대인들만 생각하고 미래의 심판을 무시한다고 비판한다. 그는 후세를 가장 확실한 친구로 간주한다. 토마스 만에게 보내는 가차 없는 편지에서 그는 만과 자신 둘 가운데 누가 더 위대한가가 명확하게 드러나게 될 그 '삼백 년 후'의 시대를 확언한다! 쇤베르크는 1951년에 죽었다. 그 후 이십 년 동안 그의 작품은 그의 제자임을 자처하는 가장 명민한 젊은 작곡가들에 의해 금세기 가장 위대한 작품으로 인정받고 숭배된다. 그러나 곧 그의 작품은 연주회장과 기억으로부터 멀어진다. 세기말인 지금 누가 그의 작품을 연주하는가? 누가 그를 참조하는가? 나는 그의 거만함을 어리석게 비웃거나 그가 과대평가되었다고 말하려는 게 결코 아니다. 결코 그렇지 않다! 쇤베르크가 과대평가된 것이 아니라 그가 미래를 과대평가한 것이다.

그가 잘못 생각한 것인가? 아니다. 그는 올바르게 생각했다. 다만 너무 높은 곳에 살고 있었다. 그는 가장 위대한 독일인들, 즉 바흐, 괴테, 브람스, 말러와 토론했다. 그렇지만 고상한 정신 영역에서 이루어진 논의들은 제아무리 지적이더라도 아무런 논리나 이유 없이 벌어지는 실제적인 일들에 대해서는 항상 통찰력이 부족할 수밖에 없다. 두 군대가 신성한 대의명분을 걸고 전투를 한다. 그런데 그 두 군대를 쳐부수는 것은 미세한 박테리아다.

쇤베르크는 박테리아의 존재를 의식하고 있었다. 이미

1930년에 그는 이렇게 썼다. "라디오는 고집스럽게 전진하며, 어떠한 저항도 무력화하는 적, 무자비한 적이다." 라디오는 "음악을 듣고 싶은 마음이 있는지, 그것을 지각할 가능성은 있는지 물어보지도 않고 우리에게 음악을 주입하는데, 그 결과 음악은 단순히, 여러 소음들 가운데 하나의 소음에 불과하게 된다."

라디오는 사태가 시작된 작은 개울이었다. 소리를 재생하고 배가하며 증대할 수 있는 다른 기술적 방도들이 곧 생겨나면서 개울은 거대한 강이 되었다. 예전에는 좋아서 음악을 들었다면 오늘날 음악은 '그것을 듣고 싶은 마음이 있는지 물어보지도 않고' 도처에서 울려 퍼진다. 록, 재즈, 오페라의 일부는 다른 악기로 편집되어서 잘려 나간 채 스피커에서, 자동차에서, 식당에서, 승강기에서, 거리에서, 대기실에서, 워크맨이 꽂힌 귀에서 울려 퍼진다. 가히 누가 작곡자인지도 모르고(소음이 된 음악은 익명이다.) 시작과 끝도 없이(소음이 된 음악에는 형식이 없다.) 모든 것이 뒤섞여 흐른다고 할 수 있다. 음악이 빠져 죽은 음악의 더러운 물.

쇤베르크는 박테리아를 알았고 그 위험성을 인식하고 있었지만 진정으로 그것에 커다란 중요성을 부여하지는 않았다. 앞서 말했듯이 그는 매우 고상한 정신 영역에 살고 있었고 무척 오만해서 이토록 사소하고 비천하며 불쾌하고 무시할 만한 적을 심각하게 생각할 수 없었던 것이다. 그가 힘차고 가열차게 싸웠던, 그에게 어울리는 유일한 적수는 위대한 이고르 스트라빈스키였다. 그가 미래의 동의를 얻기 위해 칼싸움을 벌였던 것은 스트라빈스키의 음악에 대해서였다.

그러나 미래는 작곡가들의 시체가 낙엽과 부러진 나뭇가지들 사이로 떠다니는 강이요 음표들의 대홍수였다. 어느 날 쇤베르크의 시체가 심한 풍랑에 떠밀려 스트라빈스키의 시체에 부딪혔고 둘 다 때늦은 화해 속에서 무(無)로의 여행(절대적 소음이라는 음악의 무를 향한)을 계속했다.

40

기억해 보자. 남편과 함께 프랑스 지방 도시를 가로지르는 강둑 위에 멈춰 섰을 때 이레나는 반대편 기슭에서 쓰러진 나무들을 보았고 바로 그때 스피커에서 흘러나온 예기치 않은 음악 소리에 사로잡혔다. 그녀는 손으로 귀를 틀어막고는 울음을 터뜨렸다. 몇 달 뒤 그녀는 고통으로 신음하는 남편과 함께 집에 있었다. 이웃집 아파트에서 음악 소리가 꽝꽝 울렸다. 그녀는 두 번이나 문을 두드리고는 이웃에게 제발 전축을 꺼 달라고 했으나 두 번 다 실패했다. 결국 그녀가 소리쳤다. "그 끔찍한 짓 좀 집어치워요! 내 남편은 죽어 가고 있어요! 아시 겠어요! 죽어 가고 있다고! 죽어 가고!"

프랑스에서 처음 몇 달 동안 그녀는 그 나라의 언어와 삶에 익숙해지려고 라디오를 많이 들었지만 마르틴이 죽고 난 다음에는 짜증스러운 음악 소리 때문에 라디오에서 더 이상 즐거움을 찾지 못했다. 뉴스는 사이사이에 삼 초, 팔 초, 십오 초 길이의 음악이 삽입되어 간헐적으로 흘러나왔고 그런 삽입음은 눈에 띄지 않게 해가 갈수록 늘어났기 때문이다. 이렇게 하여 그녀는 쇤베르크가 왜 "소음이 되어 버린 음악"이라고 불렀는지 마음속 깊이 알게 되었다.

그녀는 침대에서 구스타프 옆에 누워 있다. 내일 있을 약속에 대한 생각으로 지나치게 흥분한 그녀는 잠이 오지 않을까 봐 걱정스럽다. 그녀는 이미 수면제 한 알을 먹고 잠자리에 들었으나 한밤중에 깨어나서 두 알을 더 먹었고, 체념과 흥분 속에서 베개 옆에 있는 작은 라디오를 켰다. 다시 잠을 청하기 위해 그녀는 인간의 목소리, 자신의 상념들을 멀리 다른 곳으로 이끌어 그녀를 진정시키고 잠재울 수 있는 인간의 말을 듣고 싶었다. 그녀는 이리저리 채널을 돌렸지만 도처에서 음악만 흘러나온다. 음악의 더러운 물, 록, 재즈, 오페라의 토막 난 부분들만 들려온다. 지금은 모든 사람들이 노래하고 울부짖기 때문에 그 누구에게도 말을 걸 수 없는 세상, 모두가 날뛰고 춤추기 때문에 그 누구도 그녀에게 말을 걸지 않는 세상이다.

한쪽으로는 음악의 더러운 물에, 다른 한쪽으로는 코 고는 소리에 포위당한 그녀는 숨 쉴 수 있는, 자유로운 공간이 주위에 있길 원했으나 길 위에 가로놓인 진흙부대처럼 운명적으로 그녀를 막고 선 창백하고 무기력한 육체에 부딪힌다. 구스타프를 향해 새로이 증오가 끓어올랐다. 그의 육체가 그녀의 육체를 거들떠보지 않기 때문이 아니라(아니다! 그녀는 이제 그와 더 이상 섹스를 할 수 없을 것이다.) 그의 코 고는 소리에 그녀가 잠들 수 없으며 그 때문에 몇 시간 후면 있을, 일생을 건 만남을 망칠 수 있기 때문이다. 아침은 다가오는데 잠이 오지 않으면 자신의 추하고 늙어 보이는 얼굴이 피곤하고 신경질적이 되리라는 것을 그녀는 알기 때문이다.

결국 강렬한 증오가 마치 마취제처럼 작용해서 그녀는 잠들었다. 그녀가 깨어났을 때 구스타프는 이미 나가고 없었고 베개 옆에 있는 작은 라디오는 여전히 소음이 되어 버린 음악을 내보내고 있다. 그녀는 머리가 아팠고 녹초가 된 듯했다. 침대에 계속 머물고 싶었다. 그렇지만 밀라다가 10시에 오겠다고 했다. 그녀는 왜 하필 오늘 온단 말인가! 이레나는 그 누구와도 함께 있고 싶은 마음이 조금도 없는데!

41

비탈길에 세워진 별장은 길에서 보면 아래층만 드러났다. 문이 열리자 커다란 독일산 개가 사랑스럽게 조제프에게 덤벼들었다. 한참이 지나서야 그는 N을 알아볼 수 있었고 N은 웃으면서 개를 진정시키고는 복도를 지나 긴 계단을 거쳐 그가 부인과 함께 살고 있는 정원 옆 방 두 개짜리 아파트로 조제프를 안내했다. N의 부인은 상냥한 표정을 짓고 있었으며 그에게 손을 내밀었다.

천장을 가리키며 N이 말한다. "아파트 위층은 훨씬 넓어. 저기서 딸과 아들이 결혼해서 살지. 빌라는 아들 소유야. 아들은 변호사라네. 지금 집에 없어 유감이야. 이봐." 그가 목소리를 낮추며 말한다. "이 나라에 다시 정착하고 싶다면 아들이 널 도울 거야, 모든 일을 도와줄 거야."

이 말을 듣자 조제프는, 비밀스러운 일을 얘기하는 바로 이 은밀한 목소리로 N이 그에게 우정과 도움을 제공해 주었던 사십 년 전 그날을 떠올렸다.

"아이들에게 너에 대해 말해 두었지……."N은 계단을 향해 틀림없이 그의 자손들일 몇몇 이름들을 외쳤다. 손자 손녀 들과 증손자 증손녀 들 모두가 내려오는 것을 보았을 때 조제프는 그들이 누구인지 아무런 생각이 없었다. 어쨌든 그들은 모두 잘생기고 공손했으며(조제프는 그중 한 손자의 여자 친구인, 체코어를 한마디도 못 했던 독일 금발 소녀에게서 눈을 뗄 수 없었다.) 심지어 소녀들까지도 N보다 키가 커 보였다. 그들과 함께 있으려니 그는, 눈에 띄게 자라나서 위로 불쑥 솟아오른 무성한 잡초들 사이에서 길을 잃은 토끼가 된 것 같았다.

그들은 N이 자기 친구와 단둘이 있고 싶다고 할 때까지 패션쇼의 모델들처럼 서서 한마디도 않고 웃기만 했다.

N의 부인을 집에 남겨 둔 채 그들은 정원으로 나왔다.

개가 그들을 따라오자 N이 말했다. "나는 이 녀석이 손님 때문에 이렇게 흥분하는 것을 본 적이 없어. 마치 네 직업을 알아보기라도 하듯이 말이야." 그리고 그는 조제프에게 유실수들을 보여 주고는 작은 길을 내서 나누어 놓은 잔디밭을 어떻게 관리하는지 설명해 주었기 때문에, 한참 동안 대화는 조제프가 말하고자 했던 주제에서 벗어나 있었다. 마침내 간신히 친구의 식물학적 설명을 중단시킨 그는 N에게 서로 만나보지 못했던 이십 년 동안 어떻게 지냈는지를 물었다.

"그건 말하지 말자."라고 N이 말했고 조제프의 의아한 시선에 그는 손가락을 가슴에 올려놓는 것으로 답했다. 조제프는 이 행동의 의미를 이해하지 못했다. 정치적 사건들이 '그의 가슴까지', 그토록 깊이 상처를 주었단 말인가? 아니면 사랑의 비극이라도 겪었단 말인가? 아니면 심근경색에라도 걸렸단 말인가?

"언젠가 네게 말해 줄게." 어떤 토론도 피하면서 그가 덧붙였다.

대화는 쉽지 않았다. 조제프가 보다 명확히 질문하기 위해 멈추어 설 때마다 개는 마치 허락이라도 받은 줄 알고 그에게 달려와 그의 배 위에 발을 올려놓았다.

"네가 늘 주장했던 게 기억나. 병에 관심이 있기 때문에 의사가 되고 동물들을 사랑하기 때문에 수의사가 된다."

N이 말했다.

"내가 정말 그렇게 말했어?" 조제프는 놀랐다. 그저께 그는 형수더러 가족에게 반항하기 위해 자신의 직업을 선택했노라고 말했다. 그런데 그는 반항심이 아니라 사랑 때문에 그런 선택을 했던 걸까? 몽롱한 상태에서 그는 자신이 알았던 모든 병든 동물들이 줄지어 앞으로 지나가는 것을 보았다. 그리고 내일이면(그래, 스물네 시간이 지나면!) 첫 번째 환자를 맞기 위해 문을 열게 될, 벽돌집 뒤편에 있는 자신의 동물병원 진료실을 바라보았다. 그의 얼굴에는 오래 미소가 머물렀다.

조제프는 이제 막 시작된 대화로 되돌아갔다. 그는 N에게 그의 정치적 과거 때문에 사람들이 그를 공격했었는지 물었다. N은 그렇지 않다고 대답했다. 그에 따르면 사람들은 N이 체제에 탄압받는 사람들을 항상 도와주었음을 알고 있었다고 했다. 조제프는 "물론 그렇지."(정말 그는 믿어 의심치 않았다.)라고 말하면서도 계속 물었다. N은 자신의 지나간 삶을 어떻게 평가하는가? 실수로? 패배로? N은 그건 실수도 실패도 아니라고 말하면서 고개를 저었다. 마지막으로 그는 자본주의의 성급하고도 노골적인 복원에 대해 어떻게 생각하느냐고 물었다. 어깨를 으쓱해 보이며 N은 상황이 그러하니 다른 뾰족한 해결책이 없지 않느냐고 대답했다.

아니, 대화는 성공적으로 이루어지지 못했다. 조제프는 처음에는 N이 자신의 질문을 분별없는 것으로 간주했다고 생각했으나 곧 생각을 바꾸었다. 그 질문들은 분별없다기보다는 시대에 뒤떨어진 것이었다. 만약에 형수가 품고 있는 복수의 꿈이 실현되어서 고발된 N이 법정에 소환된다면, 그 경우에 그는 아마도 과거 공산주의 시절로 되돌아가 그것을 설명하고 옹호했을지도 모른다. 그러나 이러한 소환이 없는 상태에서, 과거는 오늘날 그에게서 멀리 떨어져 있었다. 그는 더 이상 과거에 살고 있지 않았다.

조제프는 그 당시에는 불경한 언사로 간주했었던, 그의 아주 오랜 생각을 떠올렸다. 공산주의에 찬성하는 것은 마르크스나 그의 이론과는 아무 상관이 없으며 시대는 단지 사람들에게 그들의 가장 다양한 심리적 욕구들을 충족할 수 있는 기회를 부여했을 뿐이라는 것이다. 비순응주의적 태도를 보이고 싶은 욕구, 또는 복종하고 싶은 욕구, 혹은 못된 자들을 처벌하고 싶은 욕구, 또는 도움이 되고자 하는 욕구, 젊은이들과 함께 미래를 향해 전진하고 싶은 욕구, 또는 자기 주위에 대가족을 거느리고 싶은 욕구를.

개는 기분이 좋아 짖어 댔고 조제프는 속으로 생각했다. 오늘날 사람들이 공산주의를 떠나는 이유는 그들의 생각이 변했다거나 충격을 받았기 때문이 아니라 공산주의가 비순응주의적 태도를 보이거나, 복종하거나, 못된 자들을 처벌하거나, 도움이 되거나, 자기 주위에 대가족을 거느릴 기회를 더 이상 부여하지 않기 때문이다. 공산주의적 확신은 더 이상 어떤 욕구에도 부합하지 않는다. 공산주의는 무용지물이 되어서 모든 사람들은 깨닫지도 못한 채 그것을 손쉽게 내버린다.

그럼에도 조제프가 방문한 원래 의도는 여전히 충족되지 못했다. 가상 법정이 열린다면 그 자신은 N을 변호할 것임을 알리려는 의도가. 이에 도달하기 위해 그는 우선 자신은 공산주의 몰락 후 이곳에 자리 잡은 세계에 맹목적으로 열광하지 않았음을 그에게 보여 주고자 했고 자기가 태어난 도시의 광장에 있는 커다란 광고 이미지, 즉 이해할 수 없는 약자가 서로 악수하고 있는 흰 손과 검은 손을 보여 주면서 체코인들에게 봉사를 약속하는 광고 이미지를 예로 들었다. "말해 봐, 이게 아직 우리나라야?"

그는 지구를 획일화하는 세계자본주의에 대한 빈정거림을 들을 것으로 기대했으나 N은 침묵했다. 조제프는 계속했다. "소비에트 제국은 주권을 갖고자 하는 나라들을 더 이상 굴복시킬 수 없어서 무너졌어. 그러나 이 나라들은 그 어느 때보다 자기 주권을 지키지 못하고 있어. 이들은 자신들의 경제도, 외교도, 심지어는 광고 문안까지도 선택할 수 없지."

"국가의 주권이란 오래전부터 일종의 환상이었어." N이 말했다.

"그러나 만약 한 나라에 주권이 없고 또 주권을 갖고자 하지도 않는다면 누가 그 나라를 위해 죽을 각오를 할까?"

"나는 내 자식들이 죽을 각오를 하는 것은 바라지 않아."

"그럼 다른 식으로 말해 보지. 아직도 누군가가 이 나라를 사랑하나?"

N은 발걸음을 늦춘다. "조제프." 그는 격앙되어서 말한다. "어떻게 너는 망명할 수 있었지? 너야말로 애국자잖아!" 그리고 아주 신중하게 덧붙인다. "자기 나라를 위해 죽는다는 것은 이제 더 이상 없어. 아마도 네게는, 네가 없는 동안 시간이 멈춰 버렸을지도 몰라. 그러나 그들은 더 이상 너처럼 생각하지 않아."

"누가?"

N은 마치 자신의 자손들을 가리키고 싶은 듯 집 위층을 향해 고갯짓을 한다. "그들은 다른 곳에 있어."

42

대화 마지막 부분에 이르러서 두 친구들은 걷지 않고 한곳에 머물러 있었다. 개가 그 틈을 이용했다. 개는 일어서서 조제프에게 발을 올려놓았고 그는 개를 쓰다듬어 주었다. N은 점점 더 측은한 마음이 들어서 이 한 쌍의 사람과 개를 쳐다보았다. 마치 그들이 서로 만나지 못했던 지난 이십 년이라는 세월을 이제서야 분명히 깨달았다는 듯 그는 말했다. "아, 네가 와 줘서 얼마나 기쁜지 몰라!" 그는 조제프의 어깨를 툭 치면서 사과나무 밑에 가서 앉자고 권했다. 그러자 그 순간 조제프는 알아차렸다. 자신이 찾아온 목적이었던 심각하고 중요한 대화는 나누지 못할 것이다. 놀랍게도 그렇게 생각하니 안심이 되고 해방감을 느꼈다! 결국 그는 친구를 심판대 위에 올려놓기 위해 온 것이 아니었기에!

마치 빗장이 열리듯 그들의 대화는 자유롭고 유쾌하게 진행되었고 오랜 두 친구들 사이에 오갈 만한 잡담이 흘러나오기 시작했다. 흩어져 있는 추억들, 서로 잘 아는 친구들의 소식, 익살맞은 대답들, 역설, 농담. 마치 부드럽고, 뜨겁고, 강한 바람이 두 팔로 그를 꽉 잡고 있는 듯했다. 조제프는 말을 한다는 억누를 수 없는 즐거움을 느꼈다. 아, 이 얼마나 뜻밖의 즐거움인가! 이십 년 동안 그는 거의 체코 말을 해 본 적이 없었다. 아내와 대화를 나눌 때는 그들만이 쓰는 쉬운 덴마크어로 말했기 때문에 어려움이 없었다. 그러나 다른 사람들과 대화를 할 때면 그는 항상 의식적으로 말을 선택하고 문장을 구성하고 억양에 신경을 써야 했다. 그가 보기에, 덴마크 사람들이 말을 할 때는 재빠르게 달리는 것 같은데 자신이 말을 할 때는 이십 킬로 무게의 짐을 진 채 뒷걸음질치는 것 같았다. 하지만 지금은 단어들이 그가 찾아다니거나 통제할 필요도 없이 저절로 입에서 튀어나왔다. 체코어는 이제 그의 고향 도시의 한 호텔에서 그를 놀라게 했던 낯선 비음의 언어가 아니었다. 그는 이제서야 체코어를 알아보았으며 그것을 음미했다. 그와 더불어 그는 마치 식이 요법을 마친 듯 온몸이 가벼워짐을 느꼈다. 그는 나는 듯이 말했으며 자기 나라에 온 이후 처음으로 행복했으며 이 나라를 자신의 나라로 느꼈다.

친구의 얼굴이 행복으로 환하게 빛나는 것을 보고 고무된 N은 점점 더 긴장이 풀렸다. 그는 은밀한 미소를 지으며 지난 날의 숨겨 둔 정부 이야기를 꺼냈으며, 아내에게 알리바이 구실을 해 주어서 고맙다고 조제프에게 말했다. 조제프는 전혀 기억하지 못했으며 N이 그를 다른 사람과 착각했다고 확신했다. 그러나 N이 그에게 오랫동안 말해 준 알리바이에 관한 이야기는 너무나 멋지고 재미있어서 조제프는 자신이 공범 역할을 했음을 결국에는 인정하고 말았다. 그는 머리를 뒤로 젖혔으며 햇빛이 그의 얼굴에 떠오른 행복한 미소를 환히 비춰 주었다.

N의 아내가 갑자기 들어온 건 바로 이렇게 행복할 때였다. "우리와 함께 점심 먹을 거죠?" 그녀가 조제프에게 말했다.

그는 시계를 들여다보고는 일어섰다. "삼십 분 후에 약속이 있어요!"

"그럼 오늘 저녁에 와! 같이 저녁 먹자." N이 진심으로 간청했다.

"오늘 저녁엔 내 나라에 있게 될 거야."

"네가 '내 나라'라고 할 땐 어디를 뜻하는 거지……?"

"덴마크."

"당신이 그렇게 말하는 걸 들으니 참 이상하네. 그러니까 당신 나라는 이제 여기가 아니란 말인가요?" N의 아내가 물었다.

"그래요. 내 나라는 거깁니다."

긴 침묵이 흘렀고 조제프는 이런 질문들이 나오리라고 예상했다. 덴마크가 정말로 너의 나라라면 너는 거기서 어떻게 살았니? 누구와 함께? 말해 봐! 너의 집은 어떻지? 너의 부인은 누구야? 너는 행복하니? 말해 봐! 말해 봐!

그러나 N도 그의 아내도 아무런 질문을 하지 않았다. 잠시 동안 낮은 나무 담장과 전나무가 조제프 앞에 나타났다.

“가야 해.” 그가 말했고, 그들 모두가 계단 쪽으로 갔다. 계단을 올라가면서 그들은 침묵했고, 이러한 침묵 속에서 조제프는 갑자기 아내의 부재감에 사로잡혔다. 여기에서는 그녀가 존재했다는 어떤 흔적도 찾아볼 수 없었다. 이 나라에서 보낸 사흘 동안 그 누구도 그녀에 대해 단 한 마디도 하지 않았다. 그는 깨달았다. 그가 여기에 머문다면 그녀를 잃으리라. 그가 여기에 머문다면 그녀는 사라지리라.

그들은 보도에 멈추어 서서 다시 한 번 굳은 악수를 나누었다. 개는 조제프의 배를 발로 문질렀다.

그리고 이 셋은 그가 시선에서 사라질 때까지 멀어지는 것을 지켜보았다.

43

세월이 흐른 뒤에 레스토랑에서 다른 여자들과 섞여 있는 그녀를 다시 보았을 때 밀라다는 이레나에게 애정을 느꼈다. 사소한 일 하나가 그녀의 마음을 사로잡았다. 이레나는 그녀에게 얀 스카셀의 시를 암송해 주었던 것이다. 작은 보헤미아에서는 시인을 만나거나 접촉하기가 쉽다. 밀라다는 돌을 쪼갠 듯 굳은 얼굴에 뚱뚱한 남자인 스카셀을 알고 있었으며 지난 시절 소녀의 순진함으로 그를 흠모했다. 그의 시는 모두 얼마 전에 책 한 권으로 묶여 나왔다. 밀라다는 친구에게 줄 선물로 그의 시집을 가져왔다.

이레나는 책을 뒤적인다. "사람들은 요즘도 시를 읽니?"

"거의 안 읽어."라고 밀라다는 말한 뒤 그녀에게 시 몇 구절을 암송해 준다. "'정오에, 가끔씩, 밤이 강가로 가는 것을 보았고……' 또 들어 봐. '연못의 거꾸로 뒤집힌 물', 스카셀은

'사금파리들 위를 맨발로 걸을 수 있을 정도로' 공기가 부드럽고 연약한 그런 저녁때가 있대."

그녀의 말을 들으며 이레나는 망명한 후 처음 몇 해 동안 그녀의 머릿속에 집요하게 나타났던 갑작스러운 환영들을 떠올렸다. 그것들은 바로 이러한 풍경의 조각들이었다.

"혹은 이런 이미지…… '말 위에는 죽음과 공작새.'"

밀라다는 가볍게 떨리는 목소리로 이 단어들을 발음했다. 그 단어들은 그녀에게 항상 어떤 광경을 떠오르게 했다. 말 한 마리가 들판을 가로질러 간다. 말등에는 손에 낫을 든 해골이 있고, 뒤편 엉덩이에는 마치 영원한 허영처럼 반짝이는, 꼬리를 활짝 펼친 공작이 있다.

고마운 마음으로 이레나는 이 나라에서 찾은 유일한 친구인 밀라다를 바라본다. 머리 때문에 더욱 둥글게 보이는 그녀의 둥글고 아름다운 얼굴을 바라본다. 생각에 잠겨 침묵하고 있어서인지 그녀의 주름살은 움직이지 않는 피부 속으로 사라졌다. 마치 처녀와도 같은 모습이다. 이레나는 그녀가 말하지 않고 시도 암송하지 않고, 이렇게 움직이지 않는 아름다운 모습으로 있기를 바란다.

"너는 항상 그렇게 머리를 손질했지? 난 네가 다른 식으로 머리를 한 것을 본 적이 없어."

이 화제를 피하고 싶은 듯 밀라다는 말했다. "결국 너는 언젠가는 결단을 내리겠지?"

"너도 알다시피 구스타프의 사무실은 프라하와 파리 모두에 있어."

"하지만 내가 잘 이해했다면 그가 정착하고 싶어 하는 곳은 프라하야."

"이봐, 나는 파리와 프라하를 왔다 갔다 하는 것만으로 충분해. 이쪽과 저쪽 모두에 일거리가 있고, 구스타프는 내 유일한 상관이야, 우리가 알아서 해, 우리가 그때그때 처리한다니까."

"무엇 때문에 그렇게 파리에 집착하지? 네 딸들 때문에?"

"아니, 나는 아이들 삶에 기대고 싶지 않아."

"거기에 누가 있니?"

"아무도 없어…… 내 아파트와 내 자유." 그리고 천천히 덧붙인다. "오래전부터 나는 내 인생이 다른 사람들에 의해 좌지우지된다고 느꼈어. 마르틴이 죽은 후 몇 년 동안을 제외하곤. 가장 힘든 때였고 아이들과 모든 일을 헤쳐나가야 했지. 비참했어. 믿어지지 않겠지만 요즘에는 그때가 가장 행복했던 것 같아."

그녀는 남편이 죽은 후 몇 년 동안의 시간이 가장 행복했다고 말한 것에 놀라 말을 바꾸었다. "그때가 내가 내 인생의 주인이었던 유일한 때라는 뜻이었어."

그녀는 입을 다물었다. 밀라다는 침묵을 깨지 않았고, 이레나는 말을 이어 나갔다. "나는 아주 젊었을 때 단지 엄마에게서 벗어나기 위해 결혼했어. 바로 그랬기 때문에 진정으로 자유롭지 못한, 강요된 결혼이었어. 그리고 더 어처구니없는 건 엄마에게 벗어나기 위해 엄마의 오랜 남자 친구와 결혼했다는 거야. 왜냐하면 나는 엄마 주위 사람들밖에는 몰랐거든. 그러니까 결혼을 해서도 나는 엄마의 감시 아래 있었던 셈이지."

"그때가 몇 살이었지?"

"거의 스무 살쯤. 그리고 그때부터 모든 것이 확고하게 결정됐지. 그게 바로 나의 실수였던 거야. 뭐라고 규정짓기 힘들고 이해할 수도 없지만 내 모든 인생의 출발점이 되었고 그 후로 결코 바로잡지 못했던 실수 말이야."

"무지한 나이에 저지른 돌이킬 수 없는 실수."

"그래."

"바로 그 나이에 사람들은 결혼을 하고 첫 아이를 낳고 직업을 선택하지. 어느 날 많은 걸 알고 이해하게 되지만 그때는 너무 늦은 거야. 왜냐하면 인생 전부가 아무것도 알지 못했던 시기에 이미 결정되어 버렸기 때문이지."

"맞아, 맞아, 내 망명조차도!" 이레나가 수긍했다. "망명 역시 이전에 내가 내린 결정들의 결과일 뿐이었어. 비밀 경찰이 마르틴을 가만히 내버려두지 않았기 때문에 나는 망명했지. 그는 더 이상 여기서 살 수 없었어. 하지만 나는 살 수 있었어. 나는 내 남편과 같은 운명이었고 지금도 그걸 후회하지는 않아. 어쨌든 내 망명은 내 일, 내 결정, 내 자유, 내 운명이 아니었어. 엄마는 나를 마르틴을 향해 떠밀었고 마르틴은 나를 외국으로 데려갔지."

"그래, 나도 기억해. 그 일은 너를 빼놓고 결정됐지."

"엄마마저 망명에 반대하지 않았어."

"천만에, 오히려 네 어머니는 그 일 때문에 득을 봤지."

"무슨 뜻이지? 빌라 말이야?"

“모든 건 소유의 문제야.”

“넌 다시 마르크스주의자가 되었구나.” 이레나가 엷은 미소를 띠며 말했다.

“부르주아 계급이 사십 년간의 공산주의가 끝나자 단 며칠 만에 어떻게 돌아왔는지 아니? 그들이 살아남은 방법은 천차만별이야. 어떤 사람들은 투옥되었고 어떤 사람들은 직장에서 쫓겨났고 또 어떤 사람들은 아주 요령 있게 처신해서 대사나 교수 같은 화려한 경력을 얻게 되었지. 이제 그들의 아들과 손자 들이 일종의 은밀한 형제애로 또다시 뭉쳐서 은행, 신문, 의회, 정부를 차지하고 있어.”

“그런데 정말로 넌 여전히 공산주의자구나.”

“그 말은 이제 아무런 의미도 없어. 하지만 내가 여전히 가난한 집 딸이라는 건 사실이야.”

그녀는 입을 다물었다. 머릿속으로 자신의 여러 모습들이 스쳐 간다. 부잣집 소년을 사랑했던 가난한 집 소녀, 공산주의에서 삶의 의미를 발견하고자 했던 처녀, 1968년 이후로 반대 세력에 가담해서 당에 반항한 공산주의자들뿐 아니라 목사, 구정치범들과 몰락한 부르주아들까지 전보다 훨씬 더 넓은 세계를 알게 된 성숙한 여인. 그리고 1989년 이후에 마치 꿈에서 깨어난 듯 그녀는 또다시 과거의 그녀가 되었다. 늙어 버린 가난한 집 소녀가.

“내 질문에 화내지 마.” 이레나가 말했다. “이미 나한테 이야기해 줬는데 내가 잊어버렸어. 너는 어디서 태어났니?”

그녀는 작은 도시의 이름을 말했다.

“나는 오늘 그곳에서 태어난 누군가와 점심을 먹을 거야.”

“이름이 뭐지?”

그의 이름을 듣자 밀라다는 미소를 짓는다. “그가 다시 한 번 나를 불행하게 만드는 것 같아. 나도 너를 점심 식사에 초대하고 싶었거든. 유감이야.”

44

그는 정각에 도착했지만 그녀는 이미 호텔 로비에서 그를 기다리고 있었다. 그는 그녀를 식당으로 안내하고 예약해 두었던 테이블로 가 그의 맞은편에 앉혔다.

몇 마디 대화를 나눈 후 그녀가 그의 말을 가로막는다. "그래, 여기서는 재미있게 보냈어? 여기 계속 있을 거야?"

"아니." 그가 말한다. 이번에는 그가 묻는다. "그럼 당신은? 여기에 애착이 가는 게 있나?"

"아무것도 없어."

그녀의 대답이 너무 단호하고 그의 대답과 비슷해서 그들은 함께 웃음을 터뜨린다. 그들 사이의 합의가 이런 식으로 확인되자 그들은 활기 차고 즐겁게 이야기하기 시작한다.

그가 식사를 주문한다. 종업원이 포도주 리스트를 보여 주자 이레나가 빼앗아 들고는 말한다. "식사는 당신이, 포도주는 내가!" 그녀는 메뉴에서 프랑스산 포도주 몇 개를 보고 그중 하나를 고른다. "포도주는 내겐 체면이 달린 문제야. 우리나라 사람들은 포도주에 대해 잘 알지 못하고 너도 독한 스칸디나비아산 술에 멍해져서 포도주에 대해 잘 모르잖아."

그녀는 어떻게 친구들이 자신이 가져온 보르도산 포도주를 거절했는가를 그에게 말해 준다. "생각해 봐, 1985년산 포도주를! 그리고 그 여자들은 내게 애국심을 가르치기 위해 일부러 맥주를 마셨지! 그런 다음 나를 불쌍히 여기고는 맥주에 취한 상태에서야 포도주를 마셨지."

그녀가 너무 재미있게 이야기했기 때문에 그들은 웃는다.

"제일 고약한 건 그 여자들이 내가 전혀 모르는 것들과 모르는 사람들에 대해 말했다는 거야. 그들은 내가 떠난 후로 자신들의 세계가 내 머리에서 사라졌다는 것을 이해하려 하지 않았지. 그들은 내가 기억하지 못하는 걸, 관심을 끌기 위해서나 나를 부각하기 위해서라고 생각했어. 참 이상한 대화였어. 나는 그들이 누구였는지 잊어버렸고 그들은 내가 무엇이 되었는지 관심이 없었지. 이곳의 그 누구도 저기서의 내 삶에 대해 단 한 번도 내게 질문한 적이 없다는 걸 이해하겠어? 단 한 번도! 결코! 나는 사람들이 이십 년간의 내 삶을 잘라 내고 싶어 한다는 느낌을 받았어. 정말로 나는 단절된다는 느낌을 받았어. 마치 난쟁이처럼 줄어들고 작아지는 느낌이었지."

그는 그녀가 마음에 들었고 그녀가 말한 것도 그랬다. 그는 그녀를 이해했고 그녀가 말한 모든 것에 동의했다.

"그런데 프랑스의 당신 친구들은 당신에게 그런 질문들을 했어?"

그녀는 그렇다고 말하려다 곧 생각을 바꾼다. 그녀는 정확해지고 싶어서 천천히 말한다. "물론 아니지! 하지만 사람들은 서로 자주 보면 서로를 안다고 짐작하지. 그들은 서로에게 질문을 하지 않지만 그렇다고 실망하지도 않아. 그들은 서로에게 관심이 없지만 별다른 악의가 있어서 그런 건 아니야. 그들은 그걸 깨닫지도 못해."

"맞아. 오랜 기간 떠나 있다가 자기 나라로 돌아오고서야 사람들은 서로에게 관심을 갖지 않는다는 것, 그리고 그건 당연한 거라는 명백한 사실에 놀라지."

"그래, 그건 당연해."

"하지만 나는 다른 걸 생각했어. 당신과 당신 인생, 당신 인격이 아니라 다른 것을. 나는 당신의 경험을 생각했어. 당신이 보고 겪었던 것 말이야. 그것에 대해 당신의 프랑스 친구들은 짐작조차 할 수 없었을 거야."

"알다시피 프랑스인들에겐 경험이 필요없어. 그들에게는 경험보다 판단이 앞서지. 우리가 그곳에 도착했을 때 그들에게는 정보가 필요 없었어. 그들은 스탈린주의는 악이고 망명은 비극이라는 사실을 이미 잘 알고 있었어. 그들은 우리가 무얼 생각하는지에는 관심이 없었고, 그들 자신이 생각하는 것의 살아 있는 증거로서 우리에게 관심을 보였지. 바로 그렇기 때문에 그들은 우리에게 관대했고 그 점에 자부심을 느꼈지. 언젠가 공산주의가 무너졌을 때 그들은 나를 심문하는 듯한 눈초리로 쳐다보았지. 그때 사태가 악화됐던 거야. 나는 그들이 기대했던 것처럼 행동하지 않았거든."

그녀는 포도주를 마시고 나서 이야기를 계속했다. "그들은 나를 위해 정말 많은 일을 했어. 그들은 내게서 망명한 여자의 고통을 보았지. 그러고 나서 내가 귀향에 즐거워하며 이러한 고통을 증명해야 할 때가 왔지. 하지만 그런 일은 일어나지 않았어. 그들은 속았다고 느꼈어. 나도 마찬가지였는데, 왜냐하면 그동안 나는 그들이 내 고통 때문이 아니라 나 자신 때문에 나를 사랑했다고 생각해 왔거든."

그녀는 그에게 실비에 대해 말한다. "그녀는 내가 첫날부터 프라하로 가서 바리케이드로 달려가지 않은 데 실망했지!"

"바리케이드?"

"물론 그런 건 없었지만 실비는 그렇게 상상했던 거야. 나는 몇 달이 지나서야 프라하에 올 수 있었고 여하튼 얼마간을 여기서 지냈지. 내가 파리로 돌아왔을 때 나는 그녀와 함께 이야기하고 싶은 격렬한 욕구를 느꼈어. 너도 알겠지만 나는 그녀를 정말로 좋아했고 그녀에게 모든 걸 이야기하고 싶었고, 모든 것에 대해, 이십 년이 지난 후에 조국으로 돌아간다는 충격에 대해 상의하고 싶었지. 하지만 그녀는 나를 별로 보고 싶어 하지 않았어."

"서로 화해는 했어?"

"아니. 정말 간단히 말하면, 더 이상 나를 찾지 않았어. 예의 바르게. 미소를 지으면서. 나도 더 이상 관심 없었고."

"그럼 당신은 누구랑 얘기하지? 누구와 말이 통해?"

"그 누구와도 안 통해. ……당신만 빼고!"

45

그들은 입을 다물었다. 그리고 그녀는 거의 심각하게 되풀이했다. "당신과 함께." 그리고 덧붙였다. "여기서 말고. 프랑스에서. 아니면 다른 곳에서. 어디에서건."

이 말들을 통해 그녀는 그에게 자신의 미래를 바쳤다. 조제프는 미래에 관심이 없음에도 그토록 분명하게 자신을 원하는 이 여자와 함께 있는 게 즐거웠다. 그는 마치 프라하로 여자를 꼬시러 갔던 시절로 되돌아간 듯했다. 마치 그 시절이 지금 그에게 끊어진 줄을 다시 붙잡으라고 권유하는 듯했다. 그는 이 낯선 여자와 함께 있으면서 젊어진 기분이 들었으나 갑자기 전처 딸과의 약속 때문에 이 오후 시간이 줄었다는 생각이 떠올라 견딜 수가 없었다.

"실례지만 전화를 좀 해야겠어." 그는 일어나서 전화 부스로 간다.

그녀는 등을 조금 굽힌 채 수화기를 드는 그의 모습을 바라본다. 약간 거리를 두고 보니 그의 나이를 보다 분명하게 알아볼 수 있다. 공항에서 보았을 때 그는 훨씬 젊어 보였다. 지금 보니 그는 자기보다 열다섯 살이나 스무 살쯤 연상임에 틀림없다. 마르틴이나 구스타프처럼. 그녀는 그렇다고 해서 실망하기는커녕, 이 연애가 아무리 대담하고 위험하다 해도 결국 자기 삶의 일부분이며 생각보다는 덜 광적이라는 위안감을 느낀다.(그녀는 예전에 구스타프가 마르틴의 나이를 알았을 때 그랬던 것처럼 고무된 듯한 느낌이다.)

그가 인사말을 마치자마자 전처의 딸은 그를 비난한다.

"오지 못한다고 말하려고 전화했죠."

"알아챘구나. 오랜만에 돌아와서인지 할 일이 너무 많아. 단 일 분도 시간을 낼 수 없어. 미안하다."

"언제 떠나요?"

'오늘 저녁'이라고 말하려다 그녀가 공항으로 그를 보러 올 수도 있다는 생각이 들어 거짓말을 한다. "내일 아침에."

"그런데 나를 볼 시간이 없단 말예요? 약속 시간 사이에도? 오늘 저녁 늦게라도? 언제든지 좋은데."

"안 돼."

"그래도 난 당신 아내의 딸인데!"

그녀가 마지막 문장을 과장해 거의 외치다시피 하자, 그는 지난날 이 나라에서 그를 짜증나게 했던 모든 것을 떠올린다. 그는 기분이 상해서 쏘아붙일 말을 찾는다.

그녀가 더 빠르다. "그만둬요! 당신은 말할 자격도 없어! 엄마는 전화하지 말라고 했다는 걸 알아둬요. 엄마는 당신이 얼마나 이기적인지 설명해 줬죠. 가련하고 더러운 이기주의자!"

그녀는 전화를 끊었다.

그는 오물을 뒤집어쓴 기분으로 테이블을 향해 걷는다. 갑자기 엉뚱하게도 어느 구절 하나가 그의 뇌리를 스친다. "이 나라에 내 여자들은 많았지만 누이는 한 명도 없었네." 그는 이 구절의 누이라는 말에 사로잡힌다. 그는 누이라는 이 평화로운 단어를 들이마시기 위해 걸음을 늦춘다. 실제로 그는 이 나라에서 그 어떤 누이의 이미지도 찾지 못했다.

"무슨 불쾌한 일이라도 있어?"

"심각한 건 아니야." 그가 앉으면서 대답한다. "하지만 불쾌한 건 사실이지."

그는 입을 다문다.

그녀도 입을 다문다. 피곤해지면서 불면의 밤, 수면제들이 떠오른다. 그녀는 피곤을 떨쳐 버리기 위해 남은 술을 따라 마신다. 그리고 자신의 손을 그의 손 위에 올려놓고 말한다. "여기서는 즐거워질 것 같지 않아. 뭐 좀 마시러 갈까?"

그들은 강렬한 음악이 흘러나오는 바 쪽으로 걸어간다.

그녀는 뒷걸음치다가 자제한다. 그녀는 알코올을 원한다. 카운터에서 그들은 코냑을 한 잔씩 마신다.

그는 그녀를 바라본다. "마음에 안 들어?"

그녀는 고개를 끄덕인다.

"음악이 너무 시끄러워? 그럼 내가 묵는 곳으로 가지."

46

 그가 프라하에 있다는 소식을 이레나의 입을 통해 들은 것은 약간은 특이한 우연의 일치였다. 하지만 어떤 나이에 이르면 우연의 일치도 그 마력을 잃어 더 이상 놀랍지 않고 진부해진다. 조제프에 대한 추억은 그녀에게 고통을 불러일으키지 않는다. 그녀는 쓴웃음을 지으며 그가 고독을 무기로 자신을 두렵게 하는 것을 즐겼다는 것과 방금 전에 그 사람 때문에 혼자서 점심을 먹게 되었다는 것만을 떠올렸다.

 고독에 관한 그의 말들. 아마도 이 말이 아직도 그녀의 머릿속에 남아 있는 것은, 그때는 고독이란 말을 도저히 이해할 수 없었기 때문일 것이다. 오빠와 언니가 둘씩이나 있었던 그녀는 사람이 많은 것을 혐오했다. 공부하거나 책을 읽을 수 있는 자신만의 방도 없었고 처박힐 수 있는 구석을 찾기도 힘들었다. 분명히 그들이 걱정하는 것은 달랐다. 그녀는 남자 친구의 입에서 나온 고독이란 말에는 보다 추상적이고 고상한 의미가 있다고 이해했다. 그 누구의 관심도 끌지 않으면서 삶을 헤쳐 나가는 것, 자기 말이 들리는지는 개의치 않고 말하는 것, 연민을 불러일으키지 않고 고통스러워하는 것.

그녀는 집에서 멀리 떨어진 구역에 차를 세우고 카페를 찾기 시작한다. 함께 점심을 먹을 사람이 없을 때 그녀는 결코 레스토랑에 가지 않는다.(거기에서는 고독이 맞은편 빈 의자에 앉아서 그녀를 지켜볼 것이다.) 차라리 카운터에 기대서 샌드위치를 먹는 편을 택한다. 쇼윈도 앞을 지나면서 그녀는 거울에 비친 자기 모습에 시선을 멈춘다. 그녀는 멈추어 선다. 자기 자신을 쳐다보는 것은 그녀의 결점, 아마도 유일한 결점이다. 진열된 상품을 관찰하는 척하면서 그녀는 자기 자신을 관찰한다. 갈색 머리카락, 푸른 눈, 둥근 얼굴. 그녀는 자신이 아름답다는 것을 안다, 오래전부터 알았다. 그것이 그녀의 유일한 행복이다.

그리고 그녀는 자신이 보고 있는 것이 어렴풋이 비치는 그 얼굴뿐 아니라 정육점의 진열창이기도 하다는 점을 깨닫는다. 매달린 고깃덩어리, 절단된 넓적다리, 애처롭고 친근한 주둥이가 달린 돼지 머릿고기 그리고 정육점 뒤편에 있는 털 뽑힌 닭 몸뚱어리, 들린 발들, 무기력하고 인간적으로 들린 발들. 그런데 갑자기 공포가 그녀를 엄습해서 그녀의 얼굴에 경련이 일고 그녀는 손목을 꽉 쥐고 악몽에서 벗어나려고 한다.

오늘 이레나는 그녀가 가끔씩 듣던 질문을 했다. 왜 머리 모양을 한 번도 바꾸지 않지? 그렇다, 그녀는 지금까지 머리 모양을 바꿔 본 적도 없고 앞으로도 바꾸지 않을 것이다. 왜냐하면 얼굴 주위에 배열된 상태 그대로 머리카락을 유지해야만 그녀는 아름답기 때문이다. 미용사들의 수다스러운 경솔함을 아는 그녀는, 친구들이 와서 수다를 떨 수 없는 교외 미장원에서 머리를 손질했다. 그녀는 머리를 손질하는 미용사에게 끝없이 당부하고 주의를 줘 가면서 왼쪽 귀의 비밀을 지켜야만 했다. 남자들의 욕망과 그녀가 보기에 아름답다는 욕망을 어떻게 조화할 것인가? 처음에는 타협점을 찾았지만(즉 아무도 그녀를 알아보지 못하고 어떠한 경솔한 행동도 그녀의 정체를 드러내지 않는 절망적인 외국 여행) 나중에는 훨씬 극단적이 되어서 그녀의 아름다움을 위해 에로틱한 삶을 희생했다.

카운터 앞에 서서 그녀는 천천히 맥주를 마시고 치즈 샌드위치를 먹는다. 그녀는 서두르지 않는다. 해야 할 일이 없기 때문이다. 마치 여느 일요일과 마찬가지로 오후가 되면 책을 읽을 것이고 저녁이 되면 집에서 혼자 식사를 할 것이다.

47

이레나는 피로가 계속해서 몰려오는 것을 온몸으로 느꼈다. 잠시 방에 혼자 있으면서 그녀는 미니 바를 열고 술이 든 작은 병을 세 개 꺼냈다. 그녀는 그 가운데 하나의 마개를 따서 마셨다. 나머지 두 개는 가방에 집어넣은 다음 머리맡 탁자 위에 올려놓았다. 그녀는 여기서 덴마크어로 된 책을 보았다. 『오디세이아』.

"나도 오디세우스를 생각했어." 그녀가 돌아온 조제프에게 말한다.

"그도 당신처럼 자기 나라를 떠났었지. 이십 년 동안."

"이십 년?"

"그래, 정확히 이십 년."

"적어도 그는 되돌아와서 행복했지."

"확실치 않아. 그는 고향 사람들이 자신을 배반한 걸 알고 많은 사람들을 죽였어. 나는 그가 사랑받을 수 있었다고 생각하지 않아."

"하지만 페넬로페는 그를 사랑했어."

"어쩌면."

"확신하지 않아?"

"나는 그들이 만나는 장면을 그린 구절을 읽고 또 읽었어. 처음에 그녀는 그를 인정하지 않아. 그런 다음 모든 것이 분명해지고 구혼자들이 살해되고 반역자들이 처벌을 받고 난 뒤에, 그녀는 정말로 그가 되돌아왔는지를 확인하기 위해 그에게 새로운 시련을 겪게 하지. 어쩌면 그들이 함께 침대에 눕게 될 순간을 지연하기 위해서인지도 몰라."

"충분히 이해할 수 있는 일이잖아? 이십 년이 지난 후에는 마비되기 마련이야. 그가 없는 동안 그녀는 정조를 지켰을까?"

"그렇게 하지 않을 수 없었어. 모든 사람들이 지켜보았거든. 이십 년간의 정절. 그들이 사랑을 나눈 밤은 무척 힘들었을 거야. 나는 그 이십 년 동안 페넬로페의 음부가 수축되고 쪼그라들었을 거라고 생각해."

"나와 마찬가지네!"

"뭐라고!"

"아니, 겁내지 마!" 그녀가 웃으면서 소리친다. "내 음부를 말하는 게 아니야! 내 건 쪼그라들지 않았어!"

그리고 갑자기 자신의 음부를 분명히 말한 것에 도취된 그녀는 보다 낮은 목소리로 마지막 문장을 좀 더 상스러운 말로 바꾸어 천천히 그에게 되풀이한다. 그리고 좀 더 낮은 목소리로 훨씬 노골적인 말로 바꾸어 한 번 더 이야기한다.

이 얼마나 예기치 않았던 일인가! 얼마나 황홀했던가! 그는 이십 년 만에 처음으로 체코의 욕지거리들을 들었으며 이 나라를 떠난 후 처음으로 황홀한 느낌에 사로잡혔다. 왜냐하면 이 거칠고, 더럽고, 음란한 말들은 모국어로만(이타카의 언어로만) 그에게 영향력을 미쳤으며 몇 세대를 거친 흥분이 그에게로 온 것은 바로 이 언어를 통해, 즉 그 심층적 어근을 통해서였기 때문이다. 그때까지 그들은 포옹도 하지 않았다. 그러나 이제 멋지게 흥분한 그들은 단 몇십여 초 만에 서로 사랑하기 시작했다.

그들의 합의는 완전하다. 왜냐하면 그녀 또한 오래전부터 말하지도 듣지도 못했던 말들로 흥분했기 때문이다. 비속한 말들의 폭발 속에 이루어진 완전한 합의! 아, 그녀의 삶은 얼마나 불쌍했던가! 놓쳐 버린 모든 죄악들과 실현되지 않은 모든 부정(不貞), 이 모든 것을 그녀는 탐욕스럽게 겪어 내고 싶었다. 그녀는 결코 체험하지 못한 채 상상하기만 했던 모든 것을 겪어 보고 싶었다. 관음증, 노출증, 타인들의 외설적 모습, 터무니없는 말실수들을. 지금 그녀가 실현할 수 있는 모든 것을 그녀는 해 보려고 노력하며 실현할 수 없는 것은 그와 함께 높은 목소리로 상상한다.

그들의 합의는 완전하다. 왜냐하면 조제프는 이러한 에로틱한 만남이 그로서는 마지막이라는 것을 마음속 깊이 알고 (혹은 그렇게 되기를 바라고) 있기 때문이다. 그도 모든 것을, 과거의 연애들과 앞으로는 일어나지 않을 연애들을 요약이라도 하듯이 사랑을 했다. 이레나나 조제프에게 이것은 그들의 성생활을 빠른 속도로 주파하는 것이다. 그들은 마치 그들이 놓쳤거나 놓칠 모든 것을 단 한 번밖에 없는 이 오후 시간에 농축하고 싶다는 듯 서로를 자극하면서 대담한 행위들을 서둘러 한다.

숨을 헐떡이며 그들은 서로 등을 대고 나란히 누워 있다. 그녀는 말한다. "아, 섹스를 하지 않은 지 몇 년이나 됐어! 내 말을 믿지 않겠지만 섹스를 하지 않은 지 몇 년이나 됐어!"

이러한 솔직함은 이상하게, 그를 깊이 감동시킨다. 그는 눈을 감는다. 그녀는 그사이 그녀의 가방을 향해 몸을 기울이고는 거기서 작은 술병을 꺼낸다. 급하게, 그리고 조심스럽게 그녀는 마신다.

그는 눈을 뜬다. "마시지 마, 마시지 마! 취하겠어!"

"내버려 둬!" 그녀는 저항한다. 끊임없이 몰려오는 피로를 느끼면서 그녀는 감각이 완전히 깨어 있게 하기 위해 어떤 짓이라도 할 각오다. 그렇기 때문에 그가 지켜보는데도 그녀는 세 번째 술병을 비우고 마치 설명이라도 하듯, 변명이라도 하듯, 오래전부터 섹스를 하지 못했다고 되풀이해서 말한다. 그리고 이번에는 그의 고향 이타카의 욕지거리로 바꾸어 말하자 음란함의 마술이 또다시 조제프를 흥분시켜 그는 그녀와 다시 사랑을 나누기 시작한다.

이레나의 머릿속에서 알코올은 두 가지 역할을 한다. 그녀의 환상을 자유롭게 하고 대담함을 고무하며 그녀를 관능적

이게 함과 동시에 그녀의 기억을 은폐한다. 그녀는 원색적이고 선정적으로 사랑을 나누었고 동시에 망각의 커튼이 모든 것을 지워 버리는 어둠 속으로 그녀의 음탕함을 감추어 버린다. 마치 시인이 금방 사라져 버리는 잉크로 가장 위대한 시를 쓰는 것처럼.

48

장모는 음반을 커다란 전축에 넣고 원하는 곡들을 선택하기 위해 단추 몇 개를 누른 다음 욕조에 몸을 담그고 문을 열어 둔 채 음악을 들었다. 그녀가 직접 고른 네 곡의 춤곡, 탱고와 왈츠, 미국 흑인의 춤곡, 로큰롤이 전축의 세련된 기술 덕분에 손가락 하나 까닥하지 않아도 끝없이 반복되었다. 그녀는 욕조에 서서 오랫동안 몸을 씻고 밖으로 나가서 몸을 닦고 빗을 든 채 거실로 갔다. 그러자 구스타프가 프라하에 들른 몇 스웨덴 사람들과 긴 점심 식사를 하고 들어와서는 이레나가 어디 있는지 물었다. 그녀는 대답했다.(볼품없는 영어와 그를 위해 단순하게 만든 체코어를 섞어서.) “이레나가 전화했어. 오늘 저녁 전에는 들어오지 않을 거래. 식사는 어땠나?”

“너무 많이 먹어서!”

“식후 술을 마셔 봐요.” 그리고 그녀는 술을 두 잔 따랐다.

"절대로 사양하는 법이 없죠!" 구스타프가 탄성을 지르며 마셨다.

장모는 왈츠 멜로디를 휘파람으로 불었고 허리를 비틀었다. 그리고 아무 말도 없이 구스타프의 어깨 위에 손을 올려놓고 그와 함께 몇 발짝 춤을 췄다.

"굉장히 기분이 좋군요." 구스타프가 말했다.

"그래." 장모가 대답했다. 그녀는 계속해서 너무도 지나치고 연극적인 동작으로 춤을 춰서 구스타프도 억지로 몇 번 웃음을 터뜨리면서 과장된 발걸음과 동작을 취했다. 그는 어떤 농담도 망가뜨리고 싶지 않다는 것을 증명함과 동시에 그가 예전에 춤을 잘 췄고 지금도 그렇다는 것을 약간은 자랑스럽게 환기하기 위해 이러한 희극적인 코미디에 동의했다. 춤을 추면서 장모는 벽에 붙은 커다란 거울로 그를 이끌었으며 둘 다 머리를 돌려 거울 속에서 서로의 모습을 바라보았다.

그런 다음 그녀는 그를 놔주었고 그들은 서로의 몸에 손을 대지 않은 채 거울을 마주보고 즉흥적으로 걸어갔다. 구스타프는 손으로 춤추는 동작을 취했으며 그녀처럼 거울에 비친 모습에서 시선을 떼지 않았다. 바로 그때 그는 장모의 손이 그의 성기 위에 올려진 것을 보았다.

지금 펼쳐진 장면은 남자들이 바람둥이 역할을 자처하면서 그들이 탐하는 여자들에만 신경을 쓴 탓에 아득한 옛날부터 저질러 온 실수를 보여 준다. 그들은 추하거나 늙은 여자, 간단히 말해서 그들의 에로틱한 상상력 밖에 있는 여자가 그들을 소유하려고 할 수도 있다는 생각을 하지 않는다. 이레나의 엄마와 잔다는 것은 구스타프에게는 생각조차 할 수 없는 황당하고 비현실적인 일이었기 때문에 그녀의 애무에 당황한 나머지 그는 무얼 해야 할지 몰랐다. 그의 첫 번째 반사 작용은 손을 치우는 것이다. 그러나 그는 감히 그러지 못한다. 유년 시절부터 어떤 명령이 그에게 각인되어 있었다. 여자에게 거칠게 대하지 말 것. 그는 그러므로 계속해서 춤 동작을 취했고 얼이 빠진 채 다리 사이에 놓인 손을 바라본다.

여전히 손을 그의 성기 위에 올려놓은 채 장모는 움직이지 않고 몸을 좌우로 흔들면서 끊임없이 자신을 바라본다. 그다음 그녀는 목욕 가운을 약간 열어젖히고, 구스타프는 그녀의 풍만한 가슴과 그 밑의 검은 음부를 본다. 당황한 그는 성기가 커지는 것을 느낀다.

거울에서 눈길을 떼지 않고서 장모는 결국 손을 치웠지만 곧 다시 손을 팬티 안으로 집어넣어 손가락으로 그의 성기를 움켜쥔다. 성기는 계속 딱딱해지고 그녀는 계속 춤을 추며 거울을 쳐다보면서 낮고 떨리는 목소리로 감탄사를 연발한다. "아, 아! 이럴 수가, 이럴 수가!"

49

조제프는 사랑을 나누면서 이따금, 조심스럽게 손목시계를 본다. 아직 두 시간, 아직 한 시간 삼십 분이 남았다. 이 사랑의 오후는 매혹적이고 그는 어떤 말이나 동작도 놓치고 싶지 않지만 어쩔 수 없이 마지막은 다가오고 그는 흘러가는 시간을 지켜보아야 한다.

그녀도 줄어드는 시간을 생각한다. 그녀의 음란한 행위는 그 때문에 더욱더 조급해지고 들떴다. 그녀는 이제는 너무 늦었고 이러한 열광도 끝나 가며 그녀의 미래는 텅 비어 있다고 짐작하면서 상상에 빠져든 채 말을 한다. 그녀는 이제 울면서 욕지거리를 몇 마디 했고 우느라 몸이 흔들리자 더 이상 욕을 할 수 없었기에 모든 동작을 멈추고 그를 자신의 몸에서 밀어 냈다.

그들은 나란히 누워 있었다. 그녀가 말한다. "오늘 떠나지 마, 좀 더 머물러."

"그럴 수 없어."

그녀는 한참을 침묵하더니 말한다. "언제 다시 볼 수 있을 까?"

그는 대답하지 않는다.

그녀는 갑자기 단호한 태도로 침대를 빠져나온다. 그녀는 더 이상 울지 않는다. 자리에 서서 그를 향해 더 이상 감상적 이 아닌, 공격적인 어투로 갑자기 말한다. "나를 안아 줘!"

그는 머뭇거리며 누워 있다.

그녀는 움직이지 않은 채 미래가 없는 삶의 온갖 무게로 뚫 어지게 쳐다보면서 그를 기다린다.

그녀의 시선을 감당할 수 없었던 그가 항복한다. 그는 일어 서서 다가와 그의 입술을 그녀의 입술에 포갠다.

그녀는 그의 애무를 음미하고 그 냉담함의 정도를 측정하 고는 말한다. "나쁜 자식!"

그리고 그녀는 머리맡 탁자 위에 올려놓은 가방으로 손을 뻗는다. 거기서 작은 재떨이를 꺼내서 그에게 보여 준다. "이 걸 알아보겠어?"

그는 재떨이를 쥐고 쳐다본다.

"알아보겠어?" 그녀는 근엄한 어조로 되풀이한다.

그는 뭐라고 말해야 할지 모른다.

"문구를 봐!"

프라하의 술집 이름이 적혀 있다. 그러나 아무것도 떠오르 는 게 없어 그는 입을 다문다. 그녀는 그가 당황하는 모습을 매우 의심스럽게 지켜보며 점점 더 적의를 품는다.

그는 이러한 시선을 몹시 거북하게 느꼈는데 그때 아주 짧게, 불 켜진 전등 옆 가장자리에 꽃병이 놓인 창문 이미지가 머릿속을 스쳐 지나간다. 그러나 그 영상은 곧 사라지고 그는 적의에 찬 그녀의 눈길을 다시 본다.

그녀는 모든 걸 깨달았다. 그는 술집에서의 만남을 잊어버렸을 뿐만 아니라 그녀가 누구인지조차도 모른다! 비행기 안에서 그는 자신이 누구와 이야기하는지도 몰랐던 것이다. 그리고 한순간 그녀는 깨달았다. 그는 결코 그녀의 이름을 부른 적이 없다.

"당신은 내가 누군지 몰라!"

"뭐라고?" 그가 겨우 용기를 내서 어색하게 말한다.

그녀는 마치 예심 판사처럼 그에게 요구한다. "그럼 내 이름을 말해 봐!"

그는 입을 다문다.

"내 이름이 뭐지! 내 이름을 말해!"

"이름 따위는 중요하지 않아!"

"당신은 한 번도 내 이름을 부르지 않았어! 당신은 나를 몰라!"

"뭐라고!"

"우리가 어디서 만났지? 나는 누구지?"

그는 그녀를 진정시키고자 그녀의 손을 잡았으나 그녀는 뿌리쳤다. "당신은 내가 누군지 몰라! 당신은 모르는 여자를 유혹했어! 당신은 당신에게 몸을 바친 모르는 여자와 사랑을 나누었어! 당신은 오해를 악용했어! 당신은 나를 창녀처럼 취급했어! 나는 당신에게 창녀, 모르는 창녀였어!"

그녀는 침대 위에 쓰러져서 울었다.

그는 술병 세 개가 빈 채 땅바닥에 나뒹굴고 있는 것을 본다. "너무 많이 마셨어. 바보같이 그렇게 마시다니!"

그녀는 더 이상 그의 말을 듣지 않는다. 엎드린 채 경련으로 온몸을 떨면서 자신을 기다리는 고독에 온통 빠져들어 있었다.

그녀는 탈진한 듯 울음을 그치고 자신도 모르게 다리를 벌린 채 돌아눕는다.

조제프는 침대 가에 서 있다. 그는 마치 허공을 보듯 그녀의 음부를 바라보다가 갑자기 전나무가 있는 벽돌집을 본다. 그는 시계를 본다. 아직 삼십 분 정도 호텔에 머물 수 있다. 그는 옷을 입어야 하고 그녀에게 옷을 입힐 방도를 찾아야 한다.

50

그가 그녀의 몸에서 빠져나왔을 때 그들은 입을 다물었고 네 곡의 음악만이 끝없이 되풀이해서 들려왔다. 오랜 침묵이 흐른 뒤 그녀는 협정의 조항이라도 읽는 듯 엄숙할 정도로 분명한 목소리로 체코어와 영어를 섞어 가며 말한다. "당신과 나, 우리는 강해, 위 아 스트롱. 하지만 우리는 착하기도 해, 굿. 우리는 누구에게도 해를 끼치지 않을 거야. 노 바디 윌 노우. 아무도 모를 거야. 당신 마음대로 해. 원한다면 할 수 있어. 하지만 반드시 그럴 의무는 없어. 난 당신이 원한다면 좋아. 위드 미 유 아 프리!"

그녀는 이번에는 결코 우스꽝스럽지 않게, 더할 나위 없이 심각하게 말했다. 그리고 구스타프 또한 심각한 어조로 대답한다. "알겠어."

"난 당신이 원한다면 좋아." 이 말이 그의 마음속에 길게 울려 퍼졌다. 자유. 그는 그녀의 딸에게서 자유를 구했지만 찾지는 못했다. 그는 가볍게 살고 싶었지만 이레나는 그녀 삶의 온 무게로 자신을 바쳤다. 그는 그녀에게서 도피처를 찾았지만 그녀는 도전처럼, 수수께끼처럼, 달성해야 할 위업처럼, 맞서 싸워야 할 심판자처럼 그 앞에 우뚝 서 있었다.

그는 긴 안락의자에서 일어서는 새로 생긴 정부의 육체를 바라본다. 서 있는 그녀는 벌거벗은 뒷모습과 울퉁불퉁한 지방으로 둘러싸인 허벅지를 그에게 보인다. 이 울퉁불퉁한 지방 살은 물결치며 전율하고, 말하고 노래하며, 격렬하게 흔들고 자신을 드러내는 활기 찬 피부처럼 그를 매혹한다. 그녀가 땅바닥에 던져 놓은 목욕 가운을 주우러 몸을 숙였을 때 그는 긴 의자 위에 벌거벗은 채 누워서 멋지게 튀어나온 이 엉덩이와 지방 살이 넘쳐흐르는 엄청난 육체를 애무한다. 그 육체의 관대하고 후한 인심 덕택에 그는 위안을 찾고 진정된다. 평화로운 감정이 그에게 스며든다. 살면서 처음으로 그는 그 어떤 위험이나 갈등, 비극적 사건, 박해, 죄의식, 걱정에서 벗어나성을 향유했다. 그는 어떤 것도 신경 쓸 필요가 없었고 그를 돌본 건 바로 사랑, 그가 원했지만 한 번도 가져 본 적이 없었던 사랑이었다. 사랑-휴식, 사랑-망각, 사랑-탈주, 사랑-무관심, 사랑-무의미.

그녀는 욕실로 갔으며 그는 혼자 남았다. 조금 전까지만 해도 그는 커다란 죄를 저질렀다고 생각했다. 하지만 지금 그는 자신의 사랑 행위는 악이나 위반 또는 타락과는 아무런 상관이 없으며 너무나도 당연한 일이라는 것을 안다. 그는 이레나의 엄마와 평범하고 자연스러우며 유쾌하게 어울리는 한 쌍, 차분한 늙은이들의 한 쌍을 이룬 것이다. 목욕탕에서 물소리가 들려왔으며 그는 긴 의자에 앉아서 시계를 쳐다본다. 두 시간 후면 그가 감탄해 마지않는 청년인, 새로 생긴 애인의 아들이 올 것이다. 구스타프는 오늘 저녁 그를 회사 동료들에게 소개할 것이다. 일생 동안 그는 여자에게 둘러싸여 있었다! 마침내 아들을 갖게 되다니 얼마나 기쁜 일인가! 그는 미소를 지으며 바닥에 흩어져 있는 옷을 찾기 시작한다.

그녀가 옷을 걸치고 욕실에서 나왔을 때 그 역시 이미 옷을 입고 있었다. 연인들이 처음 사랑을 나눈 뒤 갑자기 떠맡게 된 미래를 놓고 흔히 그렇게 되듯 별로 엄숙하지 못하고 당황스러운 상황이었다. 음악은 여전히 울려 퍼졌으며 이 미묘한 순간에 그들을 도와주려는 듯 록에서 탱고로 넘어간다. 그들은 이러한 유혹에 굴복하고 서로 끌어안은 채 단조롭고 나른한 음악의 흐름에 몸을 맡긴다. 그들은 아무것도 생각하지 않는다. 그들은 마음 내키는 대로 향하고 움직인다. 그들은 천천히, 어떤 장난의 기색도 없이 춤을 춘다.

51

울음은 오래 지속되었으나 그녀는 마침내 기적적으로 거친 숨을 내쉬며 울음을 그쳤다. 그녀는 잠들었다. 이러한 뜻밖의 변화는 슬플 정도로 우스꽝스러웠다. 그녀는 정신없이 깊이 잠들었다. 그녀는 자세를 바꾸지 않은 채 다리를 벌리고 누워 있었다.

그는 그녀의 음부, 감탄할 만한 공간 구조로 네 가지 탁월한 기능을 떠맡고 있는 이 아주 작은 곳을 계속 바라보았다. 흥분시키기, 성교하기, 출산하기, 소변보기. 오랫동안 그는 마법이 풀린 이 불쌍한 곳을 쳐다보았으며 커다란, 커다란 슬픔에 사로잡혔다.

그는 침대 가에 무릎을 꿇고, 조용히 코를 골고 있는 그녀의 머리 위로 몸을 숙였다. 이 여자는 그 가까이에 있었다. 그는 그녀와 함께 있으면서 그녀를 돌봐줄 생각도 했다. 그들은 비행기 안에서 각자의 사생활을 캐묻지 않겠다고 약속했다. 그러므로 그는 그녀에 대해 아무것도 몰랐지만 한 가지만은 확실해 보였다. 그녀는 그를 사랑하고 있었다. 그녀는 그와 함께 떠나, 모든 것을 버리고 모든 것을 다시 시작할 각오였다. 그는 그녀가 자신에게 도움을 청했다는 것을 알고 있었다. 그는 도움이 될 수 있는, 누군가를 도와줄 수 있는 마지막 기회, 이 지구상에 넘쳐나는 수많은 이방인들 가운데 누이를 발견할 수 있는 마지막 기회를 맞고 있었다.

그는 그녀를 깨우지 않기 위해 조심스럽게 조용히 옷을 입기 시작했다.

<h1 style="text-align:center">52</h1>

여느 일요일 저녁때처럼 그녀는 가난한 과학자의 보잘것없는 일인용 아파트에 혼자 있었다. 그녀는 방 안을 서성였으며 점심때와 같은 것을 먹었다. 치즈, 버터, 빵, 맥주. 그녀는 채식주의자였기 때문에 단조로운 식사를 피할 수 없었다. 산속 호텔에 머무른 뒤부터 고기는 그녀에게 자신의 몸이 절단될 수 있으며 암소 고기처럼 먹힐 수 있다는 사실을 떠올리게 했다. 물론 사람들은 사람의 몸을 먹지는 않지만 그러한 생각만으로도 오싹해할 것이다. 그러나 이러한 공포는 사람이 먹혀서, 씹히고, 삼켜지고, 똥으로 나올 수 있다는 것을 확인해 줄 뿐이다. 그리고 밀라다는 먹힐 수 있다는 이 공포가 실은 삶의 가장 깊은 곳에 놓인 보다 일반적인 또 다른 공포의 결과일 뿐임을 안다. 육체라는 공포, 육체의 형태로 존재한다는 공포.

그녀는 식사를 마치고 욕실에 가서 손을 씻었다. 그리고 고개를 들고 세면대 위 거울 속에 비친 자기 모습을 바라보았다. 방금 전 거울 속에서 자신의 아름다움을 바라보았을 때와는 완전히 다른 시선이었다. 이번에는 시선이 긴장하고 있었다. 천천히 그녀는 양볼을 감싸고 있는 머리카락을 들어올렸다. 그녀는 마치 최면에 걸린 듯 천천히, 아주 천천히 자신을 바라보았고 머리카락을 다시 얼굴 주위에 늘어뜨린 다음 방으로 들어갔다.

대학을 다니는 동안에는 다른 별들로 여행을 가는 꿈이 그녀를 매혹했다. 우주 멀리로, 삶이 이곳과는 다른 모습으로 펼쳐지며 육체가 필요 없는 곳으로 탈출하는 것은 얼마나 행복한 일인가! 그러나 이 모든 놀라운 우주 로켓들에도 불구하고 인간은 결코 우주에서 멀리 나아가지 못할 것이다. 짧은 인간의 생으로 말미암아 하늘은 검은 죽음의 장막으로 변할 것이며 인간은 거기에 항상 머리를 부딪히며, 살아 있는 모든 것이 먹고 먹히는 땅으로 다시 떨어질 것이다.

비참과 자긍심. "말 위에는 죽음과 공작새." 그녀는 창문 앞에 서서 하늘을 바라보았다. 별 없는 하늘, 깜깜한 장막을.

53

그는 가방에 소지품들을 넣고, 두고 가는 것이 없나 해서 방 안을 한 바퀴 둘러보았다. 그리고 책상에 앉아서 호텔 이름이 인쇄된 종이에 이렇게 썼다.

"잘 자. 방은 내일 점심때까지 쓸 수 있어……." 그는 매우 다정한 말을 그녀에게 하고 싶었으나 동시에 그녀에게 한마디 거짓말도 하고 싶지 않았다. 결국 그는 덧붙였다. "……내 누이여."

그는 그녀가 확실히 볼 수 있도록 침대 근처 카펫 위에 종이를 올려놓았다.

그는 "방해하지 말 것"이라고 쓰인 카드를 집었다. 나오면서 그는 잠자고 있는 그녀를 향해 한 번 더 몸을 돌리고는 복도에서 카드를 문 손잡이에 매달고 조용히 문을 닫았다.

로비 근처에서, 그는 체코어로 말하는 것을 들었다. 또다시 단조롭고 불쾌하도록 무감각한 낯선 언어였다.

숙박비를 지불하면서 그는 말했다. "어떤 부인이 내 방에 남아 있어요. 그녀는 나중에 떠날 겁니다." 그리고 아무도 그녀에게 멸시의 눈길을 보내지 않도록 프런트의 직원 앞에 500코루나짜리 지폐를 내려놓았다.

그는 택시를 잡아타고 공항으로 향했다. 벌써 저녁이었다. 비행기는 컴컴한 하늘로 날아가서 구름 속으로 사라졌다. 몇 분이 지나자 별들이 총총한, 평화롭고 친근한 하늘이 열렸다. 비행기의 둥근 창으로 그는 하늘 저편에서 낮은 나무 담장과 벽돌집 앞에 마치 치켜든 손처럼 서 있는 우아한 전나무를 보았다.

옮긴이 박성창   서울대 불문과 및 동 대학원을 졸업하고 파리 3대학에서 박사 학위를
받았다. 저서 『우리 문학의 새로운 좌표를 찾아서』, 『비교문학의
도전』, 『글로컬 시대의 한국문학』 등과 역서로 밀란 쿤데라의 『커튼』,
생텍쥐페리의 『어린 왕자』 등이 있다. 2008년 프랑스 문학 잡지
《NRF(La Nouvelle Revue Française)》에 한국 현대 문학을 소개했다.

밀란 쿤데라 전집   Milan Kundera   10

향수

1판 1쇄 펴냄 2000년 12월 15일
2판 1쇄 펴냄 2012년 7월 20일
3판 1쇄 찍음 2026년 2월 20일
3판 1쇄 펴냄 2026년 3월 10일

지은이 밀란 쿤데라
옮긴이 박성창
발행인 박근섭·박상준
펴낸곳 (주)민음사

출판등록 1966. 5. 19. 제16-490호
주소   서울특별시 강남구 도산대로1길 62(신사동)
          강남출판문화센터 5층 (우편번호 06027)
대표전화 02-515-2000 | 팩시밀리 02-515-2007
홈페이지 www.minumsa.com

한국어 판 ⓒ (주)민음사, 2000, 2012, 2026. Printed in Seoul, Korea

ISBN 978-89-374-0470-2 (04860)
      978-89-374-0460-3 (세트)

잘못 만들어진 책은 구입처에서 교환해 드립니다.